COL·LECCIÓ

QUATRE AMICS I MIG

El cas de l'espia amb el vestit de flors

edebé

Joachim Friedrich

El cas de l'espia amb el vestit de flors

edebé

Títol original: *4 1/2 Freunde und der Spion mi Blümchenkleid*

Passeig de Sant Joan Bosco, 62
08017 Barcelona
www.edebe.com
www.quatreamicsimig.com

Atenció al client 902 44 44 41
contacta@edebe.net

Directora de la col·lecció: Reina Duarte
Edició: Elena Valencia
© *Il·lustracions:* Mikel Valverde
© *Traducció:* Anna Gasol

1a edició, setembre 2013

ISBN 978-84-683-0868-5
Dipòsit Legal: B. 18778-2013
Imprès a Espanya
Printed in Spain
EGS - Rosari, 2 - Barcelona

Índex

1
Una salsitxa podrida i un cas desesperat

No em podia creure el que veien els meus ulls.

—Espereu-vos! —vaig cridar al Charly, el Ravenet i el Fred—. Mireu quina roba tenen aquí!

—Només faltava això! —va protestar el meu germà bessó—. Em fan mal els peus.

—No et queixis, Ravenet —es va ficar pel mig el Charly—. Estefi, has trobat alguna cosa per al senyor Kurzweiler?

—No, encara no, però aquí hi ha una roba de disseny fantàstica. No sabia que també la venien al mercat.

El nostre tutor Gran Siggi ens havia encarregat buscar un regal d'aniversari per al director de l'escola durant el cap de setmana. Així doncs, ja feia dues hores que recorríem botiga rere botiga sense trobar ni una sola idea per a un regal. Finalment, vam pensar

que al mercat a l'aire lliure trobaríem alguna cosa adient. Per això, ens havíem acostat a una parada en la qual venien roba. En fer un primer cop d'ull als vestits penjats a la parada, em vaig adonar que les marques més prestigioses hi eren representades. I tot estava a uns preus increïblement econòmics. Si no és perquè estava estalviant la meva paga per a un ordinador nou, de segur que hauria caigut en la temptació.

—Estefi! —va remugar el Ravenet una altra vegada—. Anem-nos-en. De tota manera, no et queden diners per comprar roba.

—Tens raó, germanet! —vaig sospirar—. Espero que el mes vinent aquesta parada encara sigui aquí.

Vaig mirar al meu voltant i per a sorpresa meva el Charly també estava interessat en la parada de roba.

—Eh, tio, eh! —va exclamar el Fred, que una vegada més duia el nostre gos Preciós al braç—. Busques uns pantalons nous o què?

En comptes de respondre, el Charly va mirar a banda i banda i es va dirigir cap a nosaltres.

—Ostres! —em va xiuxiuejar el Ravenet—. Conec aquesta expressió. El Charly torna a ensumar un cas.

—Eh, tio, eh! Què és això d'un cas? Que algú ha pispat res?

El Charly, que es considera el cap de la nostra agència de detectius Charly & Company, va fer el fatxenda i es va dur el dit índex als llavis.

—Pots parlar amb veu més baixa, Fred? Però gairebé has encertat la paraula.

—Què vols dir amb això? —li vaig preguntar.

—Els articles que aquests individus venen a preus de saldo —va dir el Charly amb mirada escrutadora— costen almenys tres vegades més.

—És clar —vaig afirmar—, per això m'agradaria poder comprar-hi. Llàstima que no tinc...

—Jo no ho faria, Estefi —em va interrompre el nostre superdetectiu—. Segurament tindries un disgust amb la policia. Només pot haver-hi una raó per la qual aquests articles són tan econòmics: són robats!

—Això no pot ser! —va exclamar el Ravenet—. Potser són articles vells, de la temporada passada o alguna cosa semblant. Sovint els venen més econòmics.

—Però no tant! —va dir el Charly movent el cap.

—Eh, tio, eh! Tant és! Què ens importa a nosaltres?

El Charly va mirar el Fred com si no l'hagués sentit bé.

—Quina pregunta és aquesta? Som o no som detectius?

—Ni idea —vaig respondre—. Què en penses, Charly?

—Ha, ha! Molt divertit. Si no ho voleu ser, ja me n'ocuparé jo tot sol.

—Ocupar-te'n? —va preguntar el Ravenet—. Què vols dir amb això? Vols tornar a anar a la policia?

—Potser més endavant, quan en tinguem proves. I mentrestant investigaré el tema.

Dit això es va tornar a dirigir a la parada de roba i va començar a remenar els articles.

—Ho fa per trobar proves? —va voler saber el Ravenet.

—Ni idea. Li ho hauries de preguntar.

El cert és que no ho va poder fer. Un individu bronzejat, que semblava sortit d'una revista de

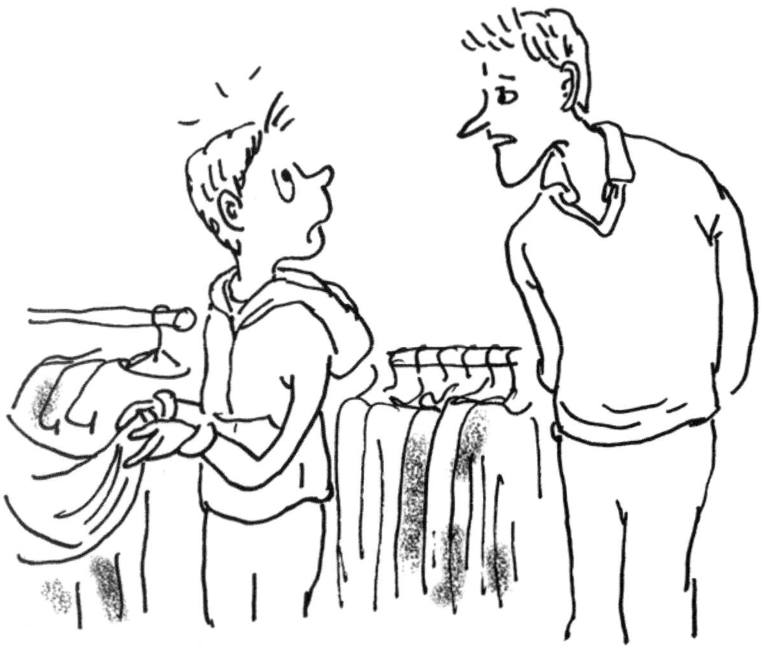

moda, es va col·locar al costat del Charly i el va mirar en silenci.

—Busques alguna cosa determinada? —va dir després d'aclarir-se la veu—. Et puc ajudar?

El Charly el va mirar com si fos la seva «prova».

—Segons com es miri.

—Com? —l'home va arrufar les celles.

El Charly va tornar a mirar al seu voltant, tal com ho havia fet quan era amb nosaltres.

—Aquests articles són molt econòmics —va dir aleshores i va picar l'ullet a l'individu.

—Sí, tens raó —va contestar ell després d'un titubeig.

—I per què són tan econòmics?

—És fàcil d'explicar —l'individu va dirigir al Charly un somrís comercial—, són restes de sèrie de la darrera temporada. A més, no hem de pagar impostos cars pel local. Per això podem vendre els articles a un preu més baix.

Sense previ avís, el Charly va caminar al voltant de la parada i va agafar una faldilla estampada d'un penjador.

—I això què és? De segur que no és de la temporada passada —va preguntar amb un somrís de triomf—. Fa només una setmana que la vaig veure per primera vegada i costava tres vegades més! No ho troba estrany?

—Jo també trobo estranyes unes altres coses —els ulls del venedor es van empetitir perillosament—. Com pots saber tu quant costa una faldilla de dona en una boutique? La compres per a la teva mare o per dur-la tu?

—És que..., oh..., va ser casualitat —el Charly

s'havia posat vermell com un pebrot—: la va comprar la meva germana —va balbucejar.

—Casualitat! Vaja, vaja. I per què t'interessen els preus dels nostres articles? També és una casualitat? —a cada paraula l'home s'apropava una passa més al Charly i la seva veu sonava una mica més forta i enutjada.

—Hi ha cap problema?

Del darrere d'uns penjadors va sortir un segon individu. En comptes de semblar sortit d'una revista de moda, més aviat recordava un model d'una revista de culturisme.

—Naturalment! Aquest marrec fa preguntes estúpides —va respondre el seu col·lega—. Vol saber per què els nostres articles són tan econòmics.

El culturista va enretirar els articles penjats a una banda, per tenir espai lliure, i es va plantar al davant del Charly.

—Per què ho vols saber? T'interessa empipar?

No era la primera vegada que la tafaneria del Charly el posava en complicacions, però quan vaig adonar-me de l'expressió dels dos venedors, aquesta vegada podien ser realment perillosos.

—No! —també el Charly se n'adonava—. Vull comprar una cosa! —va exclamar tot i que la veu li tremolava una mica.

—T'agrada la roba de noia? —el culturista va arrufar les celles—. No tenim res més aquí.

—Per a la meva germana! —va exclamar el Charly amb veu una mica més alta i va engrapar, sense mirar, un dels penjadors i va allargar al venedor un vestit estampat.

—Molt bonic. Oferta especial —l'home que semblava un model va fer un somrís ensucrat al Charly.

—Per això l'he triat —el Charly va mirar de tornar-li el somriure.

—Creus realment que la teva germana portarà aquest vestit de flors? —va preguntar el Ravenet, quan ja érem força lluny i ja no ens podien escoltar aquells dos estranys individus.

Vaig agafar la bossa de plàstic de les mans del Charly i vaig mirar-ne l'interior.

—Molt bufó.

—Molt divertit! —el Charly va recuperar la bossa—. Això ha estat una maniobra de distracció, per dir-ho d'alguna manera.

—Eh, tio, eh! Què vols dir amb això?

—Perquè aquests individus no sospitin res.

M'hauria agradat donar al Charly una resposta convenient, però no ho vaig poder fer. El Preciós m'ho va impedir.

Vaig sentir un xiulet i l'exclamació desesperada del Fred.

—Eh, tio, eh! Torna! —i primer ell i després el Ravenet, el Charly i jo vam córrer darrere del nostre gos.

Segurament no és el gos més bonic del món. El seu cabell és escabellat, li falta mitja orella i la seva dentadura mostra un forat. Aquest és el motiu pel qual xiula quan està content o quan s'excita.

A més a més, es passa la major part del temps a l'hort dels oncles del Charly o bé el porta amunt i avall el Fred. Si alguna vegada té pressa per moure's és sempre per la mateixa raó: la perspectiva de menjar alguna cosa.

Aquest cop passava el mateix. Al paviment del carrer, al costat de la parada d'una carnisseria, hi havia mitja salsitxa. Pel que podia veure, estava totalment bruta i mig florida. Segurament hauria fet fàstic a una rata però no molestava de cap manera al Preciós. Mentre corria, vaig veure que el nostre gos no era l'únic que estava interessat en la salsitxa. Per l'altra banda, venia balancejant-se un nen petit cap al tros de salsitxa feta malbé. Els seus moviments indicaven que caminava amb compte. Malgrat tot, era el vencedor de la desigual cursa. Va agafar la salsitxa i va obrir la boca.

—No te la mengis! —vaig cridar.

Durant un segon, el nen va aturar el moviment. Va ser suficient per al nostre golafre de quatre potes. Amb un moviment, el Preciós va enxampar la salsitxa i primerament la va subjectar al seu musell i després va desaparèixer a la seva panxa. Va passar tan de pressa que el nen primer es va sorprendre que la salsitxa que intentava menjar-se hagués desaparegut, i aleshores va començar a plorar desconsoladament.

El Fred es va aturar davant meu d'una manera tan sobtada que vaig estar a punt de xocar amb ell.

—Eh, tia, eh! Senyora Sulte-Stratmann!

En efecte! Era la nostra professora de gimnàstica. Ella i el seu marit eren al costat del nen. Jo també coneixia el petit nap-buf ploraner, era el Tim, el fill de la senyora Sulte-Stratmann.

—Ostres, que empipador —em va xiuxiuejar el meu germà bessó Ravenet.

—Eh, tio, eh! Per què? Al cap i a la fi, el Preciós ha salvat el petit Tim de la salsitxa podrida.

El Fred es mostrava més actiu que mai quan trobava la seva professora preferida, tot i que ella no tenia un gran concepte d'ell.

Jo estava d'acord amb el Ravenet, però òbviament el Fred tenia raó.

—Per la mort de Déu! —va exclamar la senyora Sulte-Stratmann, que es va agenollar al costat del seu petitó i el va abraçar—. No vull pensar què hauria passat si t'haguessis menjat aquesta cosa fastigosa.

—Segurament hauria agafat un mal de panxa de caràcter inofensiu —va explicar el seu marit—. Teniu un gos molt intel·ligent —va afegir amb una mirada de reconeixement cap al Preciós.

—Com és que pensa això? —el Charly el va mirar, sorprès.

—Eh, tio, eh! Està ben clar! Com aquell qui diu, el Preciós ha salvat la vida al petit Tim.

—Home, això és una mica excessiu —va aclarir la senyora Sulte-Stratmann amb un somriure de satisfacció—, però en qualsevol cas hem d'estar agraïts al vostre petit amic.

—De res —va fer el Charly, generós—. Això ha passat perquè el nostre gos és molt golafre.

—No és veritat! —va exclamar el Fred—. El Preciós és el més intel·ligent i...

—El motiu pel qual ho ha fet no és important —el va interrompre el pare del Tim—, l'important és que ho ha fet. I per això, estem en deute amb ell.

—De quin deute parles? —la senyora Sulte-Stratmann va mirar sorpresa el seu marit.

—L'oncle Leo —va contestar ell.

—Eh, tio, eh! Té un oncle? —va exclamar el Fred amb veu alta com si fos la cosa més extraordinària del món que una professora tingués un oncle.

La senyora Sulte-Stratmann va clavar al Fred una de les seves mirades. No li agrada gens que els alumnes s'interessin per la seva vida privada.

—De fet és el meu oncle, el germà del meu pare. Es diu Brassert i és policia —va dir el seu marit amb ulls brillants—. És l'entrenador dels gossos de la policia. Quan jo era petit, se m'enduia sovint amb ell. Segurament per això m'interessen tant els casos criminals.

—Vol que el Preciós sigui gos policia? —va preguntar el Charly, esgarrifat—. Ja se'n pot oblidar! Ens posaria completament en ridícul!

—Eh, tio, eh!

El senyor Sulte-Stratmann va riure amb ganes.

—No! No havia pensat a ensinistrar-lo com a gos policia. Però l'oncle Leo fa pràctiques en un

centre de gossos durant el seu temps lliure. Puc preguntar-li si el vostre gos podria anar-hi i podrien ensinistrar-lo.

—I de què servirà? —vaig preguntar.

M'agrada molt el nostre petit Preciós, però en una cosa he de donar la raó al Charly: l'únic que interessa al nostre amic de quatre potes és dormir, menjar i passejar pels voltants als braços del Fred.

—Potser podrà aprendre alguna cosa que us pugui ajudar en els vostres casos. Teniu una banda de detectius, oi?

—Una agència de detectius! —el va corregir de seguida el Charly—. Agència de detectius Charly & Company.

En un dels nostres últims casos, havíem descobert sorpresos que el marit de la senyora Sulte-Stratmann estava molt interessat en casos criminals, i probablement hauria treballat amb nosaltres, però la seva esposa no li ho va permetre.

I li va dirigir una mirada furiosa.

—Esteu investigant algun cas? —el seu marit no va semblar molest per la mirada.

—És interessant que ho hagi esmentat —va murmurar el Charly—. Només fa un parell de minuts que deia als meus ajudants...

—Els teus, què? —el va interrompre la senyora Sulte-Stratmann.

—Oh! —el Charly es va posar vermell—. Naturalment, em refereixo als meus amics. De tota manera, hem topat amb un parell d'individus molt perillosos que venen roba de disseny aquí. I molt econòmica! Per això crec que...

—Jo crec que ens n'hauríem d'anar —el va

interrompre de sobte la nostra professora—. On és el Tim?

Vaig mirar al meu voltant. El petit nap-buf s'havia enganxat a la cama del Ravenet, i el mirava embadalit. El meu germà intentava no prestar-li atenció.

—És tan dolç! —va exclamar la senyora Sulte-Stratmann—. Mira, amor meu, el Tim encara recorda que l'Òscar li va fer de cangur una vegada.

—Potser sí —va dir el Ravenet dirigint-me una mirada de socors.

La senyora Sulte-Stratmann va agafar el seu petitó als braços.

—Potser podries tornar a fer-li de cangur en una altra ocasió.

El Ravenet no va dir res, però es va posar vermell com un tomàquet.

—Eh, tia, eh! —va intervenir el Fred—. Jo també podria fer de cangur.

—Com a contrapartida m'agradaria ajudar-vos en algun dels vostres casos —va dir el marit de la senyora Sulte-Stratmann, que va rebre una mirada amenaçadora de la professora que hauria convertit la salsitxa podrida en cendres.

—Som-hi! —va xiuxiuejar i el va empènyer, abans que pogués oposar-s'hi, cap a la multitud de persones que voltaven entre les parades del mercat.

—Aquest home és realment súper! —va exclamar el Charly, entusiasmat, quan la senyora Sulte-Stratmann i la seva família no podien sentir-lo—. I vés a saber... Tal vegada aconseguirà que l'ensinistrin.

—Eh, tio, eh! El Preciós no necessita cap ensinistrament! Tal com és ja està bé.

El Charly va mirar el nostre gos, que ensumava al costat del Fred. Segurament esperava enxampar algun mos deliciós.

—Potser com a exterminador de deixalles, però no com a gos detectiu —va dir llavors.

—Eh, tio, eh!

—Deixeu de barallar-vos —el Ravenet es va ficar al mig—. Encara no sabem si aquest oncle estarà d'acord a ensinistrar-lo.

—Correcte —va dir el Charly—. La probabilitat

és lleu. Tant de bo estigui especialitzat en casos desesperats.

—No cal que vinguis —vaig dir—, sense tu també podem portar el Preciós a l'entrenament.

—És clar que vindré! —va exclamar el Charly—. Al cap i a la fi, aquest oncle Leo és policia. Potser a través d'ell ensopegarem amb un cas nou.

El Fred, el Ravenet i jo no vam dir res més, sinó que vam gemegar. Havíem comprovat moltes vegades com el Charly havia intentat convèncer la policia que els podíem ajudar a resoldre els seus casos i sempre ens havien enviat a la quinta forca.

2
Un vestit de flors per al director

Vam continuar buscant un regal per al nostre director en tres botigues més, sense èxit, i el Ravenet no deixava de gemegar recolzat a la paret d'una casa.

—Ja en tinc prou! No faré cap passa més! Vull anar a casa.

—Per mi, d'acord —vaig dir—, això del regal va ser una idea desgavellada.

—De fet, va ser idea del Gran Siggi —va replicar el Charly.

—Eh, tio, eh! Però tu t'hi vas oferir voluntàriament.

—Un parell de punts a favor per part dels professors no es poden pas rebutjar —va dir el Charly arronsant les espatlles.

—I ara què farem? —va preguntar el Ravenet—. El Gran Siggi no estarà gaire entusiasmat quan dilluns ens el creuem i no tinguem cap regal.

—No és tan greu —el Charly va fer un moviment imprecís amb les mans—, l'aniversari no és fins divendres. Tenim temps suficient.

—Però seràs tu qui digui al Gran Siggi que no l'hem trobat —va replicar el Ravenet i em va picar l'ullet.

—Dilluns podem preguntar-ho dissimuladament al senyor Kurzweiler. Potser ens assabentarem del que vol —va declarar el Charly quan tornàvem cap a casa.

—Dissimuladament! —va esbufegar el Ravenet—. Ja sabem què significa, això.

El Charly volia replicar però no ho va poder fer. Estàvem en un pas de vianants i ja teníem un peu al carrer quan tot d'una un cotxe enorme va passar davant nostre a gran velocitat.

—Idiota! —vaig cridar en direcció al fatxenda—. No saps que aquí cal aturar-se?

Encara no m'havia recuperat de l'ensurt que el Charly, de sobte, em va estirar el braç.

—Uix! Què fas?

—No has vist qui hi havia al cotxe?

—No. Per a què? No tinc cap necessitat de mirar els idiotes.

—Eren els individus de la parada de roba amb vestits de disseny.

—Ah —vaig dir només—. I...?

—No ho trobes molt sospitós?

—Això no ha estat sospitós, sinó una manca de respecte! —vaig cridar—. Gairebé ens han atropellat.

—No parlo d'això. Saps el que costa un cotxe com aquest? Un petit comerciant de mercat probablement no se'l pot comprar.

—Potser se l'han comprat de segona mà —va dir el Ravenet.

—O l'han robat —el Charly va brandar el cap d'una banda a l'altra.

—Va, home! —vaig queixar-me—. No comencis una altra vegada. Han robat els vestits i també han robat el cotxe. Què més?

—Qui sap? —el Charly va arronsar les espatlles.

—Eh, tio, eh! No t'acostis gaire a ells, no sigui que també et pispin a tu.

—Ha, ha! Molt divertit. En tot cas, m'ocuparé d'apropar-me a aquests individus.

—Fes-ho —vaig dir només, perquè sabia que el nostre cap no parava tranquil si ensumava un altre cas.

Després que el Ravenet i jo ens haguéssim acomiadat del Charly i el Fred, no vaig pensar ni una vegada més en tot el cap de setmana en els «sospitosos» del Charly. De cop i volta, van tornar a aparèixer en arribar al pati de l'escola dilluns al matí.

El Charly i el Fred ja hi eren. És a dir, el Charly parlava amb el Fred amb aquella retòrica que li donava un aspecte enervat.

—Observa el Charly —em va murmurar el Ravenet abans que el nostre cap ens pogués sentir—. Ja es torna a bellugar sense parar. Segurament torna a tenir notícies *apassionants* per a nosaltres.

—Hi podria renunciar —vaig dir.

Estava segura que això continuaria sent un desig pietós. El Charly es va dirigir cap a nosaltres a grans gambades, i el Fred el va seguir a poca distància.

—Els he tornat a veure —va xiuxiuejar en arribar a la nostra alçada.

—A qui? —va xiuxiuejar també el Ravenet.

—A qui si no? Als individus del mercat! És a dir, els he vist al mercat. De fet, no els he vist a ells, sinó el seu cotxe. De camí cap a l'escola, primerament he anat al pàrquing on la gent del mercat deixa els cotxes.

—Has vist un cotxe? —vaig preguntar—. És superapassionant, Charly.

—Dona, Estefi! Fes-me cas almenys una vegada! Saps de què parlo.

—No, no ho sé.

—Això vol dir que no anava desencaminat. Els individus del mercat són els mateixos que van estar a punt d'atropellar-nos en el pas de vianants.

—Això és tot? —va preguntar el Ravenet.

—Sí, què us pensàveu? —el Charly va alçar les mans—. Que un cas es pot solucionar en un dia?

—No ho crec —vaig replicar—. Però sí que crec que un cas es pot solucionar si hi ha cas.

—Això és un cas! —el Charly em va assenyalar amb el dit—. M'hi jugo el que vulguis! Ja ho veuràs!

L'estona que faltava perquè sonés el timbre per entrar a classe, el Charly es va quedar al nostre costat amb els braços encreuats i fent-nos morros. Com que jo els dilluns al matí no acostumo a estar de bona lluna, ja m'anava bé que el Charly no em donés la tabarra.

Aleshores la classe va començar tal com havíem sospitat. El nostre tutor Gran Siggi es va plantar tan gran com era al davant del Charly:

—Què? Quin regal heu triat per al nostre respectat i estimat director?

—Cap —el Charly va arronsar les espatlles.

A la classe se sentien rialles esporàdiques.

—Cap? —el Gran Siggi va arrufar les celles—. Però si és un aniversari rodó.

—No hem trobar cap regal adient —el Charly es va empassar saliva.

—On l'heu buscat?

—Al mercat —se li va escapar al Fred.

El Gran Siggi es va girar i va omplir el lloc del Fred amb la seva ombra.

—Al mercat? Quina mena de regals s'hi troben?

—Eh, tio, eh! —el Fred va envermellir—. Vull dir, vestits, per exemple.

—Vestits? —va esbufegar el Gran Siggi.

—Oh..., sí.

El nostre tutor es va inclinar una mica cap al Fred, el qual anava lliscant ràpidament sota la taula.

—M'estàs dient que volíeu regalar un vestit al nostre senyor Kurzweiler?

La classe va esclafir en riallades i vaig veure amb claredat que fins i tot les comissures de la boca del Gran Siggi tremolaven. Segurament s'imaginava el seu cap amb un vestit.

—Més aviat havíem pensat en un cinturó... o fins i tot en uns tirants! —vaig exclamar. Va ser el millor que se'm va acudir a cuita-corrent, però volia donar un cop de mà al pobre Fred.

—Això no és més bona idea que un vestit —em va mirar el Gran Siggi.

—Per això no vam comprar res.

—Sí que ho vam fer —em va xiuxiuejar el Ravenet—. Fins i tot un model amb floretes.

—No ens podria fer cap suggeriment? —va preguntar el Charly—. No sabem què li agrada al senyor Kurzweiler.

—Un suggeriment? —el Gran Siggi es va gratar el cap—. Mmm. Pensem-hi una mica. Ha de ser personal, però no gaire personal, no cal dir-ho... Alguna cosa per menjar! O bé alguna cosa per beure! Això sempre resulta adient.

—Menjar o beure —em va murmurar el Ravenet, quan el Gran Siggi va tornar a la seva taula—. Té l'aspecte que sempre li regalen coses per menjar o per beure.

A l'hora de l'esbarjo vigilava la senyora Sulte-Stratmann. En veure-la, el Fred em va donar un cop de colze.

—Eh, tia, eh! Li podem preguntar si el seu marit ja ha parlat amb el seu oncle sobre el Preciós.

—Més val que no —vaig negar amb el cap—. Ja saps com és.

—La meva vida privada és sagrada! —va exclamar el Ravenet i va aixecar el dit índex com fa sempre la senyora Sulte-Stratmann quan li sentim a dir aquesta frase.

De tota manera, l'assumpte es va resoldre, perquè tot d'una el nostre director va aparèixer al pati, un fet més aviat extraordinari, i es va dirigir cap a on era la nostra professora de gimnàstica i es va posar a parlar amb ella. Al cap d'un parell de frases l'expressió del seu rostre va esdevenir insòlitament cansada.

Cal aclarir que el senyor Kurzweiler és el campió mundial de l'avorriment. Parla a poc a poc, camina lentament, menja amb calma. L'única cosa que li passa amb rapidesa, és cansar-se.

—Aquesta és l'ocasió —va dir de sobte el Charly.

—Què t'empatolles? —li vaig preguntar.

—Podem preguntar a la senyora Sulte-Stratmann sobre l'ensinistrament del Preciós i, al mateix temps, aconseguir saber, dissimuladament, què desitja el senyor Kurzweiler per al seu aniversari.

—I per què ho has de saber ara necessàriament? —va preguntar el Ravenet—. És l'hora de l'esbarjo!

—Perquè així de seguida comprarem un regal i demà el Gran Siggi no es tornarà a enfadar amb nosaltres. A més a més, tinc ganes de trobar-me amb aquest oncle Leo. Potser sap alguna cosa dels individus del mercat.

Igual que la majoria de vegades, no vam tenir cap oportunitat d'aturar el Charly, perquè ja es dirigia cap a on eren els nostres professors.

—No volem destorbar! —va exclamar quan era a una distància d'ells.

—Ja ho estàs fent —va replicar la senyora Sulte-Stratmann sense tombar-se.

El Charly es va empassar saliva.

—Benvolguda col·lega —va cantussejar el senyor Kurzweiler dirigint-se a la nostra professora de gimnàstica—, el temps de l'esbarjo forma part del temps escolar i durant el temps escolar els professors s'han de consagrar a la disposició dels alumnes per conèixer les seves inquietuds, necessitats i peticions.

—Sí, molt bé —va replicar la senyora Sulte-Stratmann al seu cap i va provar de dissimular un badall—. Pensaré quines inquietuds, necessitats i peticions tenen —va dir i ens va fer un senyal—: El meu marit ha parlat amb el seu oncle. Hi està d'acord. Us trobareu avui a la tarda al centre d'ensinistrament de gossos. És al jardí municipal, al costat de l'estany. El cartell indica «Zona per a vianants. Centre d'inscripció».

Mentre la nostra professora parlava amb nosaltres amb les celles arrufades, el Charly havia tret el seu quadern i ho anotava tot. En aquest aspecte realment es podia comptar amb ell.

El Ravenet, el Fred i jo ens hauríem estimat més tocar el dos dissimuladament abans que el Charly iniciés la seva missió de «preguntes discretes» al senyor Kurzweiler.

—Dit sigui de passada, és molt amable de part seva que durant tot el temps d'escola estigui amb nosaltres, senyor Kurzweiler.

—Com? —el nostre director va mirar el Charly amb els ulls mig clucs—. És clar. Ha, ha.

—Però durant el seu temps lliure bé que deu tenir uns altres interessos, oi?

—Com? —els ulls del senyor Kurzweiler es van empetitir una mica més—. És clar. Ha, ha.

Mentre el Charly escrivia amb diligència al seu quadern, la senyora Sulte-Stratmann l'observava amb les celles arrufades. Devia estar considerant si li havia de clavar una de les seves temibles mirades. És de suposar que el Charly se n'adonava, però això no el retenia d'empipar amb preguntes el nostre director.

—Què fa, doncs?

Durant un breu moment vaig veure que els ulls del senyor Kurzweiler es tancaven, però aleshores els va obrir bruscament.

—Peixos! —va exclamar tot d'una en veu tan alta que tots els que l'envoltàvem ens vam sobresaltar—. Peixos de colors, siguin com siguin. És el meu *hobby.* Però em pensava que ja ho sabíeu.

És clar que ho sabíem. El seu estimat peix globus va anar d'un pèl que no caigués víctima dels mètodes de recerca *discrets* del Charly en un dels nostres casos.

—Li fa falta res més? —va preguntar el Charly donant un cop al quadern.

Els ulls del senyor Kurzweiler es van tornar a empetitir mentre la senyora Sulte-Stratmann carregava la seva mirada canó.

—Com? És clar. No, no.

El Charly va abaixar el quadern.

—No? Potser un peixet? O bé pinso per als peixos?

La mirada canó de la senyora Sulte-Stratmann va encendre's ara amb tota la seva força:

—Ja n'hi ha prou, Charly! En primer lloc, em pregunto per què li fas unes preguntes tan estranyes al senyor Kurzweiler, i en segon lloc us he dit centenars de vegades que la nostra vida privada no us importa!

Era obvi que el Charly no tenia cap desig de transformar-se en cendra a causa de la mirada de la senyora Sulte-Stratmann; així doncs, va tancar el quadern fent morros.

—Només era una pregunta —va murmurar després.

Ens trobàvem una mica lluny quan ens va cridar el senyor Kurzweiler com si de sobte hagués recordat la pregunta del Charly:

—Temps! Em falta temps per als meus peixos!

—Eh, tio, eh! Podem regalar-li una mica de temps?

—És clar. En comptes de donar-nos classes es podria ocupar dels seus peixos —va declarar el Ravenet—. Això no seria un regal per a ell sinó per a nosaltres.

Volia felicitar el Ravenet per la seva proposta,

però tot d'una la senyora Sulte-Stratmann tornava a ser al nostre costat.

Mentre el Fred es posava vermell com un pebrot i emetia una mena de gruny, el Charly tornava a tenir el quadern a les mans. De vegades em pregunto com s'ho fa per treure'l tan de pressa.

—Se li acut alguna idea per a un regal al senyor Kurzweiler... vull dir, què pot necessitar?

El front de la nostra professora es va arrugar i després la seva expressió es va asserenar de sobte:

—Ah! Ara hi caic! Voleu comprar-li un regal d'aniversari. És tot un detall per part vostra.

—De fet ha estat el senyor Schlüter qui...

—Té cap idea? —vaig interrompre el meu germà, abans que es carregués una vegada més els punts extra que estàvem aconseguint de la senyora Sulte-Stratmann.

Ella va arronsar les espatlles:

—Potser alguna cosa per menjar o per beure. Això sempre queda bé.

El Charly, el Fred, el Ravenet i jo vam bescanviar una mirada. Segurament els nostres professors no disposaven de gaire fantasia, pel que feia als regals d'aniversari.

—Però aquesta no era la qüestió per la qual volia tornar a parlar amb vosaltres... —va afegir.

—I doncs? —va preguntar el Fred mentre s'empassava saliva.

—Us volia prevenir.

—Prevenir? —va exclamar el Charly—. De qui?

—De mi. És a dir, pel que us pugui passar si sento alguna queixa del centre d'entrenament. No tinc gens de ganes de sentir queixes de l'oncle del meu marit sobre els meus alumnes o el seu gos. Queda clar?

—Com l'aigua! —va exclamar el Charly immediatament—. Es pot refiar de nosaltres. Ja ens coneix!

—Per això —va dir la senyora Sulte-Stratmann, es va girar i se'n va anar.

—Què ens farà si sent queixes sobre el Preciós? —em va dir el Fred a cau d'orella.

No vaig poder amagar un somriure.

—Qui sap! Potser hauràs de fer de cangur del Tim com a càstig?

—Eh, tia, eh! Molt divertit!

3
Homes amb cara de gos i amics a primera vista

Havent dinat, el Ravenet i jo ens vam encaminar cap a l'hort. Com que cap dels nostres pares ens havia deixat quedar el nostre gos a casa, havíem instal·lat el Preciós en un dels horts, propietat dels tiets del Charly. A més, utilitzàvem l'hort com a quarter general de l'agència Charly & Co. Havíem acordat trobar-nos allà per dur el Preciós a la seva primera classe de pràctiques.

Com de costum, el Fred ja hi era, mentre que el Charly no es veia enlloc.

—Mira, Estefi —em va donar un cop de colze el Ravenet—. El Fred torna a parlar amb el Preciós.

El meu germà i jo en vam tenir prou amb una mirada per estar d'acord en el fet que volíem escoltar què deia. Vam córrer a ajupir-nos rere la porta de l'hort, la vam obrir sense fer soroll i ens vam apropar silenciosament al Fred per tal de sentir-lo.

—Promet-me que et portaràs bé, petitó —demanava el Fred al seu millor amic, el qual de tota manera semblava més interessat en el bol ben ple de menjar.

—Eh, tio, eh! Vols fer el favor d'escoltar-me?

La veritat és que el Preciós va deixar de menjar i va girar el cap vers el Fred.

—De vegades em fa la impressió que entén el que diem —em va dir el Ravenet a cau d'orella.

Vaig assentir amb el cap. És veritat que el Preciós és qualsevol altra cosa que un gos ben ensinistrat, que obeeix a l'acte, però ben sovint li he vist fer coses extraordinàries, que cap de nosaltres no sabem explicar. Fins i tot el Charly ho admet.

—Ja sé que no et cal un estúpid ensinistrament —va prosseguir el Fred—. Però l'ensinistrador és oncle de la senyora Sulter-Stratmann..., més ben dit, del seu marit.

Era obvi que el Preciós ja no tenia cap mena d'interès en les explicacions del Fred i havia represès la seva ocupació preferida.

—El més important —va dir el Fred sense des-

animar-se— és que aquest oncle no s'enfadi amb tu, entesos?

El Preciós va fer petar la llengua amb fruïció, però també va moure la cua un parell de vegades. El Fred ho va interpretar com un senyal d'assentiment.

—Espero que pugui refiar-me de tu, petit. Si aquest oncle té alguna queixa amb tu, la senyora Sulte-Stratmann s'enfadarà amb mi. I això no estaria bé, perquè ja saps que jo vull que la senyora Sulte-Stratmann se senti bé.

El Preciós va deixar de menjar, va mirar el Fred i va deixar anar un xiulet pel forat de les dents.

Va ser massa per a nosaltres, i el Ravenet i jo vam començar a esbufegar.

El Fred va fer un salt i va abocar el bol del menjar, i tot seguit el Preciós va udolar.

—M'heu espiat! Això és una mala jugada!

Vaig aixecar les mans i vaig haver de recuperar l'alè abans de dir res:

—Ha estat una casualitat que hàgim sentit el que explicaves al Preciós.

—A més, no li has dit res que no sabéssim —va afegir el Ravenet i vam esclafir de riure una altra vegada.

—Eh, tios, eh!

—Sembla que us divertiu molt. Me'n feu cinc cèntims perquè m'hi afegeixi?

El Charly s'havia presentat sense que ens n'haguéssim adonat.

—I tant! —vaig exclamar—. El Preciós ens acaba d'explicar un acudit. Resulta que un gosset troba el seu amic, un gos pastor, i li pregunta...

—Molt divertit! —va exclamar el Charly.

—Ja el sabies? Qui te l'havia explicat?

—No, no el sé —va esbufegar el Charly—. Ja saps què vull dir. A més, no tenim temps per a acudits. No vull arribar tard el primer dia de classe del Preciós.

—Jo tampoc —va sospirar el Fred i va agafar als braços el seu petit amic, agraït després d'haver gaudit del menjar.

No em va sorprendre. A mi també m'agradaria, quan estic molt tipa, que algú m'agafés en comptes d'haver de caminar.

—Deixa'l a terra, si més no abans d'arribar al centre de gossos —va increpar el Charly al Fred.

—Per què?

—Perquè fa mala impressió que un gos que ha de ser ensinistrat no sigui capaç de caminar sol.

El Fred va arronsar les espatlles i va travessar la porta de l'hort a grans gambades i amb el cap ben alt.

El parc municipal no era gaire lluny i vam arribar-hi puntuals. Evidentment el Fred havia pres nota de les paraules del Charly, ja que a l'entrada del parc va deixar el Preciós a terra. El nostre gos va mirar ofès el seu millor amic, però va trotar al nostre costat.

A la vora del centre d'ensinistrament per a gossos hi ha uns arbrets que amaguen un aparcament. Durant els caps de setmana les persones que passegen pel parc hi deixen els cotxes, però durant la setmana amb prou feines s'utilitza. Des del camí que seguíem, l'aparcament a penes es veia a causa dels espessos arbustos que l'envolten. Tot d'una em va semblar que el cotxe «fatxenda» que va estar a punt d'atropellar-nos estava aparcat allà. En un tancar i obrir d'ulls vaig sospesar si havia de fer parar atenció al meu germà i els meus amics, però vaig desistir. En primer lloc, no n'estava segura, i en segon, no volia refermar les suposicions del Charly.

Un moment després ja no vaig pensar més en el cotxe de l'aparcament, perquè la imatge que se'm va presentar en el centre d'ensinistrament em va obligar a reprimir el riure. Hi havia aproximadament una dotzena de persones. A mesura que podia distingir-los, eren exclusivament adults. Estaven en filera els uns al costat dels altres amb els seus gossos a la vora. Ben mirat, no hauria tingut res de particular si no fos que els gossos i els seus amos i mestresses s'assemblaven tots.

—Què passa? —em va preguntar el Ravenet—. Per què rius per sota el nas?

—Què no ho veus? —vaig respondre tot seguit—. Les persones i els seus gossos s'assemblen.

—Jo també me n'he adonat —el Charly hi va ficar cullerada, i llavors, observant ara el Fred, ara el Preciós, va continuar—: Si m'imagino el Fred amb un forat a les dents i amb mitja orella...

Per a sorpresa nostra, el Fred no va protestar. Mirava el camp de pràctiques amb uns ulls com unes taronges.

—Què et passa, Fred? —li va preguntar aleshores el Ravenet.

El Fred va assenyalar uns obstacles de fusta disseminats pel terreny.

—El Preciós ha de saltar això?

—No ho aconseguirà —va dir tot seguit el Ravenet.

—Tret que li posis menjar al damunt —va replicar el Charly.

—Eh, tio, eh!

—Mireu el Preciós! —va dir de sobte el Ravenet—. Què li passa?

Efectivament, el seu comportament havia canviat de manera brusca. Mentre ens dirigíem al parc municipal havia trotat indiferent al nostre costat, però ara estava completament rígid al costat del Fred, tenia les orelles dretes, en tot cas tant com li era possible, i observava movent la cua el grup d'alumnes gossos i els seus amos i mestresses. Era sorprenent perquè, ben mirat, el Preciós amb prou feines s'havia interessat pels seus companys.

—Què li passa? —va preguntar el Charly.

—Vés a saber —vaig arronsar les espatlles—. Potser està content perquè l'ensinistraran.

—Quina imaginació que tens! —em va contradir el Charly.

Vam conèixer el motiu real uns segons més tard, quan un dels gossos es va separar del grup d'alumnes gossos i es va dirigir cap a nosaltres. Al mateix temps, el Preciós va anar a ensumar-lo.

—Preciós! Queda't aquí! —el va cridar el Fred.

—Et quedaràs sense alè —vaig dir—. No s'aturarà.

—Esperem que l'altre gos no es fiqui amb ell! —va gemegar el Fred—. És molt més gros!

—No mourien les cues tots dos —va replicar el Ravenet, i tenia raó.

Tots dos van reunir-se enmig del prat i van saltar tot bordant i ensumant-se l'un a l'altre. Al mateix temps feien girar les cues com deu molins de vent enmig d'una ventada. De tota manera, la distracció no va durar gaire estona. L'amo del gos amb el qual el Preciós evidentment s'entenia tan bé, es va dur dos dits a la boca i va deixar anar un xiulet breu. El gos més gros es va tombar amb rapidesa i tot seguit va trotar en direcció al seu amo... i el Preciós va córrer al seu darrere.

—Eh, tio, eh! Vine de seguida, Preciós! —va cridar el Fred, que havia arribat a la mateixa conclusió de sempre, és a dir, que al Preciós només li interessava fer la seva voluntat.

—Prova de fer un xiulet —vaig dir.

El Fred es va posar un dit als llavis, però tret d'un desagradable soroll i un munt de saliva no en va sortir res més.

Mentrestant el nou amic del Preciós havia arribat on hi havia el seu amo i s'havia assegut correctament al seu costat. Ens va sorprendre que el Preciós es col·loqués a tocar seu.

—Apa! —vaig dir mentre ens acostàvem al nostre gos—. Això pinta la mar de bé.

Alhora em vaig mirar l'home prop del qual seia el nostre Preciós, fidel i en posició immòbil, el qual ve-

ritablement no s'ajustava gens ni mica a la resta de la gent. Mentre que la majoria dels que romanien al costat dels seus animals de companyia preferits anaven amb texans i jerseis o fins i tot amb xandalls, l'amo de l'amic del Preciós anava empolainat com si allò no fos un centre d'ensinistrament de gossos, sinó un espectacle de l'Oest: mitges botes de *cowboy,* pantalons de pell blanca, jaqueta amb serrells, i per acabar-ho d'arrodonir, un barret de *cowboy* d'ala ampla.

—És el vostre gos? —ens va preguntar amb un somriure irònic i assenyalant amb el cap el Preciós.

—Sí —va respondre el Fred amb un titubeig.

—Es diu Preciós —vaig afegir.

Immediatament les expressions dels altres homes i dones van dibuixar un somriure sorneguer.

—Un gos simpàtic, un nom bonic —va dir el *cowboy*—. Sembla que s'entén d'allò més bé amb el Rufus.

—És el nom del seu gos? —va preguntar el Charly.

El *cowboy* anava a contestar, però no ho va poder fer.

—Johnny Ulls Blaus!!! Duus dos gossos? —va cridar algú rere nostre.

El Fred, el Charly, el Ravenet i jo ens vam girar tots alhora. L'individu que venia cap a nosaltres a grans gambades era més impressionant que el *cowboy.* Si he de ser sincera, no era a causa de la seva roba, sinó a causa de la seva grandària. Comparat amb ell, el nostre tutor resultava fins i tot prim. Era tan gras i tan ample, que projectava gairebé tanta ombra com els arbres que envoltaven el centre d'ensinistrament. Duia els cabells, llargs i pràcticament blancs, lligats en una cueta. Quan va ser arran nostre, vam haver de tòrcer el coll cap amunt per mirar-lo. De tota manera, semblava poc interessat en nosaltres o en el nostre gos. El Preciós continuava assegut al costat del Rufus i mirava enlaire igual que nosaltres. Involuntàriament em va venir al cap la imatge del ratolí i l'elefant.

El gegant va arrufar les celles i es va gratar el cap.

—Un animal interessant —va dir aleshores.

—No és meu —va aclarir el *cowboy*—. Pertany als xavals.

—Aleshores —va dir, tot adonant-se de la nostra presència—, vosaltres deveu ser els nens dels quals m'ha parlat el meu nebot.

—Agència de detectius Charly & Co.! —va exclamar el Charly—. Vostè és el senyor Brassert?

—És clar que sóc jo —va grunyir el gegant i va afegir amb un lleu somrís de satisfacció—: Detectius, ha, ha!

—El seu nebot ens ha dit que vostè és policia —va xerrar el bocamoll del Charly amb els ulls plens d'il·lusió.

—Això ha dit? —va preguntar el senyor Brassert.

—Sí! I volia preguntar-li si podríem treballar plegats.

El policia gegantí va clavar una mirada al Charly que em va recordar les de la nostra professora quan s'enfadava amb ell. Llavors, tot d'una, el senyor Brassert va esclafir una riallada i va posar la seva urpa d'ós sobre l'espatlla del Charly, el qual es va encongir almenys un parell de centímetres.

—Treballarem plegats, ja hi pots comptar. De tota manera, tindrà poc a veure amb la policia o les *agències de detectius,* sinó amb el vostre gos.

Abans que el Charly pogués replicar, es va adreçar a les altres persones que esperaven a la cua:

—Sigueu benvinguts, senyores i senyors! Pel que veig observeu molt bé la posició «dret», si més no la majoria... —va afegir fixant la mirada en el Preciós.

El Fred es va sentir interpel·lat i va agafar el Preciós als braços.

—Què fas? —va tronar la veu del senyor Brassert.

—Eh, tio... —el Fred va envermellir fins a les arrels dels cabells—. Vull dir... «dret» —va quequejar.

El senyor Brassert va recolzar els seus immensos punys als costats.

—Si dic «dret», vull indicar que el teu gos ha d'estar al costat del teu peu dret i atent amb les orelles en punta. El que no indico de cap manera és que l'agafis als braços! M'has entès?

—Perfectament! —va exclamar el Fred i va deixar caure el Preciós a terra, que va deixar anar un sorollós xiulet i va mirar el Fred encara més enfadat que el senyor Brassert.

—Voldríem que l'ensinistrés perquè sigui un gos detectiu —va tornar a ficar la pota el Charly.

El senyor Brassert el va mirar, va obrir la boca, però no va dir res, sinó que va caminar feixugament a grans gambades cap a l'altra banda del camp de pràctiques.

—Dit sigui de passada, Johnny Ulls Blaus és el meu sobrenom —ens va xiuxiuejar el *cowboy—,* pel color dels meus ulls.

—De debò? —vaig preguntar i al mateix temps em vaig empipar per ser tan bocamoll.

A més a més, ja m'havia cridat l'atenció el

fet que l'amo del Rufus tingués uns extraordinaris ulls blaus.

—Hauríeu d'ensenyar al vostre gos qui mana. És el més important —va dir aleshores el Johnny Ulls Blaus.

—Fa molt de temps que sap qui mana —el Charly va arronsar les espatlles—, però la major part de vegades és el Fred qui se n'encarrega.

El *cowboy* va mirar el Charly i el Fred, però abans que pogués dir o preguntar res, el senyor Brassert va arribar a l'altra banda del camp de pràctiques.

4
Una professora enfadada i un gos molt mal educat

—Començarem amb el primer exercici! —va cridar el senyor Brassert en direcció a tots nosaltres—: Començarem a córrer i els nostres gossos ens han de seguir enganxats a nosaltres tant com sigui possible. Mostreu-me el que poden fer els vostres preferits. Endavant!

Com un destacament, els participants del curs es van posar en moviment i els seus gossos es van aixecar i van córrer més o menys enganxats als seus amos i mestresses.

El Fred, el Ravenet, el Charly i jo també vam començar a córrer.

L'únic que es va quedar assegut va ser el Preciós.

—Eh, tio, eh! Vine amb mi, petit! —en Fred es va aturar al cap d'un parell de passes.

El Preciós va estirar el cap de costat, va fer un dèbil xiulet... i va continuar assegut.

De reüll vaig veure que tot d'una el Rufus també s'havia aturat i va girar el cap en direcció al Preciós. Com si li hagués enviat una ordre, el Preciós va fer un salt, ens va sobrepassar corrent i va tirar-se prop del seu nou amic bordant i remenant la cua.

—Parada! —va cridar el senyor Brassert sobre el camp de pràctiques—. Tots tornem a la posició de parada. Ha anat molt bé... amb una excepció!

Els altres participants no dissimulaven les seves mirades nervioses i molestes.

—Només vol jugar! —va exclamar el Fred.

—Aquí no hem vingut a jugar! —va rondinar el senyor

Brassert—. Un segon intent! —va exclamar alesbores—. Veurem si aquesta vegada funciona millor!

No va sortir millor. L'únic que va variar després de segurament vint intents va ser el temps que el Preciós va restar assegut tot sol abans d'anar com un boig cap al Rufus i jugar amb ell.

Finalment, quan es va acabar la primera hora de classe, no hauria sabut dir qui estava més nerviós, si el senyor Brassert, els altres participants o nosaltres.

Ens hauríem estimat més escapolir-nos desapercebudament del camp de pràctiques, però el senyor Brassert ens va aturar.

—El meu nebot em va advertir que el vostre gos era extraordinari, però no fins a aquest punt.

—Oi que sí? —va exclamar el Fred—. El Preciós és el gos més intel·ligent i...

—Intel·ligent? —va esbufegar el policia—. És tan intel·ligent que no és capaç d'entendre l'exercici més senzill. Heu de practicar molt amb ell.

El Fred va respirar fondo, però no va dir res.

—Però nosaltres som molt bons detectius! —va exclamar el Charly ficant el nas en la conversa—. Podríem visitar-lo i explicar-li els nostres casos! Potser aleshores voldria treballar amb nosaltres!

El senyor Brassert va tancar un moment els ulls i va respirar fondo.

—Aneu-vos-en cap a casa —va dir després amb una veu perillosament baixa—. I preocupeu-vos que el vostre gos domini l'exercici en la propera classe.

—Ho penses de veritat? —va preguntar el Charly al Fred, que tornava a dur el Preciós als braços, mentre fèiem el camí de tornada.

—Què? —va fer el Fred visiblement irritat.

—Doncs, això que el Preciós és intel·ligent.

—És clar! —va exclamar el Fred—. No ha fet l'exercici perquè no li ha trobat cap sentit. Per què havia de córrer al meu costat si s'estimava més jugar?

Potser em vaig enganyar, però en aquell moment vaig veure que el Preciós dirigia una mirada al seu millor amic com si hagués entès cadascuna de les seves paraules i estigués d'acord amb ell.

Probablement el Charly no se'n va adonar,

perquè va brandar el cap i va deixar escapar un lleu grunyit.

L'endemà al matí vam sortir una mica més tard de casa. Havia hagut d'ajudar el meu germà amb els deures de Matemàtiques, naturalment sense que els nostres pares sospitessin res. Pel que feia a les Matemàtiques, el Ravenet mai no troba el moment.

No obstant això, no vam arribar tan tard, però no vam veure ni el Fred ni el Charly al pati de l'escola.

—Potser han tingut problemes amb els estúpids deures —va dir el Ravenet.

—Potser, sobretot perquè no tenen una germana bessona que pugui fer-los els deures.

El Ravenet estava a punt de protestar, però vam descobrir la Nicole, la germana gran del Charly, que venia corrent cap a nosaltres.

—Què deu voler? —em va dir el Ravenet a cau d'orella.

—Ni idea —vaig respondre—. Potser el Charly està malalt i no ve avui a l'escola.

—Ja era hora que arribéssiu! —va exclamar

la Nicole—. Heu d'anar de seguida a la vostra classe. El Charly i el Fred ja hi són.

—Per què? —vaig voler saber—. Encara no ha tocat el timbre.

—I jo què sé! —va aixecar les mans la Nicole—. Us penseu que sóc l'oficina d'informació? Tot el que sé és que us heu d'espavilar.

—La senyora Sulte-Stratmann —va murmurar el Ravenet amb veu tremolosa.

Tot i que jo hauria desitjat una altra cosa, el meu germà tenia raó. La nostra professora ens esperava a la seva taula amb els braços encreuats. El Charly i el Fred estaven asseguts als seus llocs. Estaven tan profundament ensorrats a les seves cadires, que amb prou feines se'ls podia veure.

La senyora Sulte-Stratmann ens va rebre amb una de les seves cèlebres mirades i va repetir les mateixes paraules que la germana del Charly:

—Ja era hora que arribéssiu!

—Per què havíem de venir? —va preguntar el Ravenet amb la veu tremolosa.

—Seieu! —va ordenar per tota resposta.

—No us havia previngut? —va preguntar la senyora Sulte-Stratmann mentre el meu germà i jo sèiem tan esmunyits cadira avall com el Fred i el Charly.

—Sí, senyora —vam respondre el Ravenet i jo alhora.

—I em vaig expressar de manera que es prestés a malentesos?

—No, senyora.

—Així, vau entendre bé el que vaig provar de dir-vos?

—Sí, senyora.

—Aleshores, expliqueume per què caram l'oncle del meu marit em va trucar una hora després d'acabar la classe i se'm va queixar de vosaltres!

—No va funcionar bé —vaig descobrir.

La nostra professora es va plantar davant meu.

—Sempre t'he considerat la més assenyada de vosaltres, Estefania.

—Hi estic d'acord! —va exclamar el Charly.

La senyora Sulte-Stratmann es va girar cap a ell:

—Si he de suportar la vostra estupidesa, segurament no em cal insistir més.

Tot i que no estava gaire tranquil·la, no vaig poder dissimular un somrís.

—A veure, Estefania —va prosseguir la senyora Sulte-Stratmann sense interrupció—, si us plau explica'm què va passar ahir.

—D'acord —vaig respirar profundament—, com he dit, no va funcionar bé. El nostre gos no és com els altres gossos. És, com qui diu..., molt mal educat.

El Fred va fer un so indefinible, però no va dir res.

—Molt bé —va esbufegar la senyora Sulte-Stratmann—. I què hi ha d'aquestes garleries sobre la vostra banda de detectius i que voleu treballar amb Leo Brassert?

—Agència de detectius! —es va entremetre el Charly.

La senyora Sulte-Stratmann li va engegar una mirada de raig làser, després de la qual el Charly es va amagar sota la taula.

—No anava seriosament —vaig dir sense pensar.

La nostra professora va tornar a la seva taula, va recolzar els punys als costats i ens va mirar l'un rere l'altre.

—Així doncs, no anava seriosament —va dir aleshores—. Llavors us diré una cosa, i és que jo vaig molt seriosament. Des d'ara us mantindreu allunyats del centre d'ensinistrament de gossos. S'han acabat els gossos molt mal educats i les agències de detectius que volen treballar amb l'oncle del meu marit. Queda clar?

—Sí, senyora Sulte-Stratmann! —vam exclamar tots quatre alhora.

En aquell mateix moment va sonar el timbre i poc després la resta de la classe es va precipitar a l'aula.

—Eh, tia, eh! Molt mal educat! —va protestar el Fred a l'hora de l'esbarjo—. El Preciós no és molt mal educat. És el gos més intel·ligent i...

—Si no t'ha agradat, bé que podries haver respost en el meu lloc —li vaig engegar—. A més a més, la senyora Sulte-Stratmann, en qualsevol cas, estava més enfadada perquè el Charly havia posat nerviós el senyor Brassert amb allò de la seva agència de detectius.

—Vaja, ara la culpa és meva? —va protestar el Charly—. A més, no és la meva agència de detectius, sinó la nostra.

—Deixeu de barallar-vos —va interrompre el Ravenet—. De tota manera, ja ens podem oblidar del curs per a gossos.

—I què? —va arronsar les espatlles el Fred—. Al Preciós no li cal. Sap fer tot el que necessita.

—És clar. Menjar i dormir —va rondinar el Charly—. Amb molt de gust jo el continuaré fent. De segur que convenceré el senyor Brassert per treballar amb nosaltres. A més a més, he de vigilar una mica més aquell Johnny Ulls Blaus. Trobo que és sospitós.

Em va semblar que no ho havia sentit bé.

—No has entès res del que ha dit la senyora Sulte-Stratmann? L'oncle del seu marit s'ha queixat de nosaltres!

—Bé —el Charly va fer l'ullet—. No n'hi ha per tant. Ja saps que és molt susceptible.

Segurament no passa un sol dia sense que el nostre cap no em posi a cent, però li he de reconèixer una cosa: *abandonar* és una paraula que no forma part del seu vocabulari.

Durant la resta de les classes no vam tornar a parlar del senyor Brassert i del seu curs per a gossos. I ja havia oblidat tot l'assumpte quan ens n'anàvem cap a casa.

De sobte, darrere la porta de l'escola vaig sentir un soroll: «xsst, xsst».

—Què has dit? —vaig mirar el Fred.

—Res, per què?

—Xsst, xsst.

—Què ha estat això? —el Charly va mirar al seu voltant.

—També ho has sentit? —vaig preguntar.

—Nois! Sóc aquí!

Rere d'un dels arbres que envoltaven el terreny de l'escola, va treure el cap el senyor Sulte-Stratmann.

—Ens crida a nosaltres? —vaig preguntar.

—No parlis tan fort —el marit de la senyora Sulte-Stratmann es va dur un dit als llavis—. Espero la meva esposa, però abans que vingui, he de parlar amb vosaltres.

—Eh, tio, eh! Em sap greu que el seu oncle s'hagi queixat del Preciós —va dir el Fred quan vam ser vora el senyor Sulte-Stratmann.

—Ah —va fer l'ullet—. No n'hi ha per tant. El meu oncle és un vell ós rondinaire, però té un gran cor. Pel que fa a aquest tema, la meva esposa és una mica susceptible. Ja sabeu com és.

—I tant! —va ficar la pota el Charly.

—Així doncs, vostè no està enfadat amb nosaltres? —va preguntar el Ravenet.

—No, ben al contrari. M'agrada el vostre gos i m'encantaria col·laborar amb la vostra banda de detectius.

—Agència de detectius!

—Per què vol parlar amb nosaltres? —li vaig preguntar.

—Us he de dir una cosa... —va fer un sonor sospir—, en confiança, per dir-ho d'alguna manera.

—En confiança? —vaig preguntar—. Què vol dir això?

—Bé —el marit de la nostra professora va escurar-se el coll—, vol dir que la meva esposa no ha d'arribar a saber res d'això.

—Cap problema! —va exclamar tot seguit el Charly—. Els secrets són la nostra especialitat!

—Com he dit, m'agrada molt el vostre gos —va prosseguir el senyor Sulte-Stratmann—, i per això em sap molt de greu que la meva esposa hagi prohibit que puguin ensinistrar-lo més.

—Ha estat la seva esposa i no el senyor Brassert? —va voler saber, curiós, el Fred.

—Sí. El meu oncle no té res en contra que hi torneu. M'ho ha dit per telèfon.

—Això vol dir que li podem tornar a dur el Preciós? —va preguntar el Fred.

—Precisament vol dir això. El meu oncle és un ensinistrador molt bo. El vostre petit Preciós segurament pot aprendre molt amb ell.

El Fred va respirar fondo, a punt de dir alguna cosa, però no li ho vaig permetre:

—La seva esposa ens ha prohibit d'anar-hi.

—És la vostra professora, no la vostra mare —el senyor Sulte-Stratmann em va mirar—. No n'ha de fer res, del que feu en el vostre temps lliure.

—D'acord —va dir el Fred amb una actitud resolta.

—De tota manera, us demano que no parleu amb el meu oncle d'una banda de... ah... d'una agència de detectius. En això és tan susceptible com la meva esposa. I si li torna a trucar...

—...aleshores aconseguirem que estigui de molt mal humor —va afegir el Ravenet.

—No solament amb vosaltres —va brandar el cap el senyor Sulte-Stratmann—, sinó també amb mi.

Vaig mirar el Charly. Com que no deia res, vaig contestar en el seu lloc:

—Cap problema. No tindrà cap més queixa de nosaltres. Li ho prometem.

Tan bon punt ho vaig dir, vaig dubtar que aquesta promesa tingués gaire valor.

Era evident que el senyor Sulte-Stratmann es va quedar satisfet, perquè em va somriure:

—Així doncs, tot ha quedat clar. Però ara més val que us n'aneu, abans que la meva esposa ens vegi plegats.

—Té força por de la seva esposa —va dir el Charly, quan ja érem fora de l'abast de la seva oïda.

—Et sorprèn? —va preguntar el Ravenet.

—No gens.

—El Preciós ha de tornar realment a aquella escola per a gossos? —va preguntar el Fred amb una expressió no gaire entusiasmada.

—I tant! —va exclamar el Charly—. Tal vegada el senyor Brassert aconseguirà ensenyar alguna cosa al Preciós. És un ensinistrador realment excepcional.

—Eh, tio, eh!

—Pensa en el que li hem promès al senyor Sulte-Stratmann —va dir el Ravenet subjectant el braç del Charly.

—És clar! Cap problema! El senyor Sulte-Stratmann és intel·ligent. M'agradaria comptar amb ell en la nostra agència de detectius.

—Ho hauràs de proposar a la seva esposa —vaig dir tot picant l'ullet al Charly.

5
Segrest de gos i un *cowboy* sospitós

Poc després de dinar va sonar el timbre de la porta de casa. En obrir i veure que era el Fred vaig tenir un ensurt. No és cap cosa estranya que els amics vinguin a casa, però nosaltres acostumem a trobar-nos a l'hort. Però que el Fred fes una excepció en aquest sentit em va espantar menys, que la seva cara vermella com un pebrot i els seus ulls terroritzats.

—Què passa, Fred? Res de nou?

—Eh, tia, eh! Ho pots ben dir. El Preciós s'ha perdut!

—I per això t'amoïnes? —va preguntar el Ravenet, que mentrestant havia arribat a la porta—. Sovint vagareja pels voltants.

—Sí, ja ho sé, però mai quan li duc el menjar. No se'l deixa perdre mai. Mai de la vida!

—Tens por que li hagi passat res? —vaig preguntar.

—No puc pensar res —el Fred es va escurar el coll—. Ja he avisat el Charly que ens trobarem a l'hort. Hi vindreu?

En realitat no creia que li hagués passat res al Preciós, però al cap i a la fi no podíem deixar plantat el nostre amic.

—Segurament ja fa estona que seu a la seva caseta i espera el seu menjar —va mirar de tranquillitzar-lo el Ravenet, mentre ens dirigíem ràpidament a l'hort a marxa de cursa atlètica.

—Això espero! —va fer un sonor sospir el Fred.

No es van complir les seves expectatives. No solament la caseta del Preciós restava abandonada sinó que ell no es veia per enlloc. Per això el Charly es va arrossegar de quatre grapes al voltant de la caseta.

—Per què ho fas? —vaig preguntar.

—Busco empremtes en el lloc dels fets! —va respondre secament.

—El lloc dels fets —va xisclar el Fred—. Què vols dir amb això?

—Com vols que ho sàpiga? Has dit que el Preciós ha desaparegut. També s'han de considerar altres coses.

—No deus pensar de debò que al Preciós li hagi passat alguna cosa —va dir el Ravenet posant-se un dit al front.

—El que jo crec no té importància, sinó les proves!

—I què li pot haver passat?

—Penso, per exemple, que el poden haver segrestat.

—Segrestar un gos? Que estàs guillat o què?

Vaig mirar el meu germà i vaig arrufar les celles.

—Has trobat proves? —vaig preguntar al Charly.

—Naturalment. Petjades.

—Per descomptat que has trobat petjades! Les nostres! —va exclamar el Fred—. Al cap i a la fi venim cada dia!

—Això ho sabrem després de comparar-les —el Charly va brandar el cap—. Podeu treure-us les sabates i donar-me-les?

—Què en trauràs, d'això? —vaig dir, perquè no podia creure'm el que havia sentit.

—Rufus! —va cridar tot d'una el Ravenet.

—Creus que ha anat a veure el seu nou amic? —vaig suggerir tot imaginant on volia anar a parar.

—De tota manera —el Ravenet va arronsar les espatlles—, això és més versemblant que un segrest.

—I tant! —vaig acceptar—. Però no tenim ni idea d'on viu aquell estrany Johnny *cowboy.*

—On vols que visqui? —el Ravenet em va fer una ganyota—. Al salvatge Oest.

—Eh, tio, eh! No em sembla divertit! Que passarà si al capdavall el Preciós no vol tornar?

—Renunciarà al seu bol ple de menjar? —va exclamar el Charly—. No t'ho creus ni tu.

—És cert —va sospirar el Fred—. Això es el que em preocupa —tot d'una la seva expressió es va il·luminar—: Ja ho tinc! Anem al centre d'ensinistrament de gossos! Potser hi trobarem el senyor Brassert. De segur que sap on viu aquell Johnny!

Vist que ni el Charly, ni el Ravenet ni jo teníem cap idea millor, vam tornar a encaminar-nos al parc municipal.

A l'entrada del pàrquing del bosc tot d'una el Charly em va subjectar el braç:

—Uix! Què maquines?

—El cotxe, Estefi! El cotxe!

També el vaig veure. El cotxe fatxenda, que havia vist la tarda anterior, sortia del pàrquing i venia lentament cap a nosaltres.

—Aquest individu una altra vegada! —va exclamar el Charly—. Això no pot ser casualitat!

—I si han segrestat el Preciós? —el Fred va empal·lidir.

—Se t'escapa! —vaig cridar.

És veritat que sempre em costava creure en les casualitats i a l'estómac em creixia una típica sensació de perill. Al mateix temps m'empipava que se m'encomanés la mania del Charly, que sospitava que hi havia un cas criminal en cada cantonada.

No havia arribat al final de la meva reflexió que el Fred tot d'una va fer un moviment brusc.

—Eh, tios, eh! Heu sentit això?

—Què vols dir? —va preguntar el Ravenet.

—El xiulet! És el Preciós!

Estava a punt de dir-li que s'ho havia imaginat quan també vaig sentir el senyal inconfusible del Preciós.

—Ve del centre de pràctiques —va dir el Charly.

Vam córrer cap allà tots alhora. Efectivament, el nostre petit amic saltava pels voltants del centre de pràctiques. Més ben dit, es desfogava saltant i ballant amb el seu nou amic Rufus sobre l'herba.

—Eh, tio...

El Fred no va poder continuar perquè el Charly li va tapar la boca amb una mà i es va dur un dit als llavis.

—Busquem un amagatall des d'on puguem observar el centre —va xiuxiuejar.

—Què passa? —va dir el Fred amb veu encara més baixa tot apartant-se la mà del Charly de la boca.

En comptes de respondre, el Charly va assenyalar en direcció a una petita barraca que hi havia a l'altra banda del centre. Hi vaig entreveure el senyor Brassert i l'amo del Rufus que conversaven. Més ben dit, l'oncle del senyor Sulte-Stratmann parlava amb el *cowboy.*

—Sembla com si discutissin —va murmurar el Ravenet.

—Exacte. Podríem acostar-nos-hi i amagarnos. Potser sentiríem de què es tracta.

—I això quina finalitat té? —vaig voler saber.

—Aquest estrany Johnny m'ha semblat sospitós des de bon començament. Potser es tracta d'algun delicte que ha comès. Al cap i a la fi, el senyor Brassert és policia.

Abans que pogués dir res, el Charly s'esquitllava ajupit per la vora del centre de pràctiques. Per més que cap de nosaltres pensés que la discussió tractava sobre un delicte, ens vam ajupir i ens vam esquitllar rere el Charly.

Com que el centre estava envoltat d'arbres i arbustos espessos, vam aconseguir apropar-nos d'amagat al senyor Brassert i el Johnny Ulls Blaus. Aleshores ens va barrar el pas una tanca alta.

—Vaja —va murmurar el Charly—. No podem anar més enllà. Però potser serà suficient per sentir alguna cosa.

Vam restar ajupits i vam parar l'orella. De fet, podíem distingir les veus dels homes, però no enteníem el que deien. A més, probablement estàvem massa allunyats d'ells. Per acabar-ho d'adobar, el Rufus bordava i el Preciós xiulava a través del seu buit dental. Així i tot, per l'entonació de les veus podíem saber que efectivament discutien.

La conversa, però, no va durar gaire. El senyor Brassert es va acomiadar amb un senyal de menyspreu amb la mà i va desaparèixer capcot a l'interior de la cabana.

El Johnny Ulls Blaus va fer petar els dits, i el

Rufus va trotar obedient cap al seu amo, acompanyat pel nostre Preciós.

El Fred volia aixecar-se, però el Charly el va subjectar tot seguit.

—Encara no, Fred.

—Per què no?

—El seguiré jo. Si ara anem a buscar el Preciós, ens descobrirà.

—Eh, tio, eh! Per què el vols seguir tu?

—Perquè és sospitós. Quantes vegades us ho he de repetir?

—Tant més! —el Fred va clavar una puntada de peu—. Vull anar a buscar el Preciós ara!

El Ravenet va cridar l'atenció del Fred tot assenyalant el camp de pràctiques.

—Pregunta al Preciós si vol venir amb tu.

El Johnny Ulls Blaus caminava a grans gambades cap a la sortida. A la seva dreta trotava el Rufus i a la seva esquerra, el Preciós.

—Som-hi! Seguim-lo! Però dissimuladament! —va ordenar el Charly i es va tornar a esquitllar arraulit a través dels arbustos.

Com més estona seguíem el fals *cowboy,* el rostre del Fred més s'anava allargant. Era evident que no li agradava de cap manera que el seu estimat petit no els trobés a faltar ni a ell ni el seu menjar. Trotava al voltant del Rufus i semblava que s'ho passaven d'allò més bé.

El Johnny, en canvi, semblava tenir molta pressa. Amb prou feines podíem sostenir el seu pas, i mantenir-nos ocults, tal com el Charly ens havia demanat. No obstant això, no va ser necessari, perquè no va mirar al seu voltant ni una sola vegada.

—No seguiré gaire estona més —va rondinar el Fred quan ja dúiem una bona estona de camí—. Vull recuperar el Preciós.

—A més, aquesta zona em posa neguitós —es va lamentar també el Ravenet.

—Ja us ho havia dit —el Charly estava poc impressionat—, que aquest individu era sospitós.

Molt sovint he hagut d'arrossegar el meu germà, perquè és molt poruc, però aquest cop era del seu parer. Havíem seguit el Johnny i els dos gossos fins a una antiga zona industrial. Entre les lletges naus i els tallers d'una altra època, hi havia una fàbrica mig derruïda, tancada de feia molts anys. L'edifici, cobert de sutge, estava abandonat i a través de les finestres trencades xiulava el vent.

—Toquem el dos —vaig dir finalment—. A mi també em sembla inquietant.

—Eh, tia, eh! Però abans agafaré el Preciós!

—Encara no —va insistir el Charly—, que serà interessant.

De fet, el Johnny Ulls Blaus era a la porta d'un dels edificis que no estaven tan ruïnosos i buscava alguna cosa a les butxaques dels pantalons.

—Amaguem-nos! —ens va xiuxiuejar el Charly.

D'un salt ens vam posar a recer rere d'un munt de runa i vam espiar amb precaució pel damunt.

Mentrestant, el Johnny Ulls Blaus havia trobat el que buscava. Un gran clauer va sonar a la seva mà. Amb una de les claus va obrir el cadenat que assegurava la porta. Poc després va desaparèixer a l'interior de l'edifici. Per al nostre alleujament, sobretot per al Fred, el Preciós i el Rufus no el van seguir. Es van entretenir al costat de l'edifici, mentre ensumaven molt i aixecaven les potes a cada racó.

—Ara és a l'abast! Vaig a agafar el Preciós!

Abans que li ho poguéssim impedir, el Fred va saltar pel damunt del munt de runes i va córrer cap als dos gossos amics. No obstant això, corria ajupit, tot i que en realitat tenia poc sentit. El podien veure des de totes bandes.

—Eh, tio, eh! Preciós! Què et passa? Que no tens gana?

El nostre gos va mirar en la seva direcció, però després va córrer en la direcció oposada, cap a on era el Rufus, que poc abans havia desaparegut rere d'una paret.

El Fred no es va desanimar. Va córrer al darrere del seu estimat petit i poc després tampoc el vam veure més.

—Què hem de fer, ara? —em va dir el Ravenet a cau d'orella—. L'hem de seguir?

—I tant —vaig contestar—. Hem de fer via abans que el Johnny torni a aparèixer. No tinc cap desig d'explicar-li què busquem aquí.

Vaig aixecar-me, però el Charly em va arrossegar immediatament una altra vegada cap avall.

—Què passa ara? Et falta un bull?

—Ens hem de quedar amagats. Ve un cotxe. L'he sentit amb claredat.

—I què? Què té a veure amb nosaltres?

No va caldre que el Charly respongués la meva

pregunta, perquè en aquell moment el cotxe va girar la cantonada. Però no era qualsevol cotxe.

—El cotxe «fatxenda»! —va cridar el Ravenet, i tot d'una es va tapar la boca amb la mà.

Efectivament, era el cotxe que havia estat a punt d'atropellar-nos i que havíem vist dues vegades a la vora del centre d'ensinistrament de gossos. Però no va ser només això el que em va provocar un ensurt enorme. El cotxe es va aturar precisament al costat de l'edifici on havia desaparegut el Johnny Ulls Blaus. Es va obrir la porta del conductor i va baixar-ne un home que coneixia prou bé.

—Això no pot ser! És l'individu que ven roba de disseny al mercat!

—I justament el musculós! —va afegir el Charly.

I com si amb això no n'hi hagués prou, la veu del Fred va ressonar en aquell moment rere la paret:

—Preciós! On ets?

6
Els professors treballen al matí i tenen la tarda lliure

L'individu del mercat va mirar desconcertat al seu voltant i es va gratar el cap. Després va fer una passa en direcció a la paret. El meu cor anava a mil per hora.

El Ravenet va saltar cap a fora, però el Charly també el va subjectar.

—Que t'has tornat boig? Queda't aquí!

—Què passa amb el Fred?

—Vols encarar-te amb ell? A més, encara no ha descobert el Fred!

El Charly tenia raó. En contra del fatxenda musculós ni tots quatre hauríem tingut cap possibilitat. Tanmateix, amb prou feines podia mantenir-me en el meu amagatall.

Per fortuna la salvació va venir d'una altra banda, és a dir, de l'edifici de l'antiga fàbrica. Amb un grinyol esgarrifós es va obrir la porta i va aparèixer el Johnny Ulls Blaus.

—Què passa? Vols treure arrels?

El fatxenda musculós va mirar desconcertat el Johnny i la paret.

—He sentit que algú cridava —va dir aleshores.

—I què? T'han cridat a tu?

—No, era algú que cridava una altra persona.

—Bé, així de segur que no tenia res a veure amb tu. Vinga, entrem. Has vingut molt tard.

Aquell individu musculós que òbviament no era gaire llest va rondinar alguna cosa incomprensi-

ble, va anar de pressa cap a l'edifici i poc després la porta es va tancar rere seu i del Johnny.

Al mateix temps, el Charly, el Ravenet i jo ens vam aixecar i anàvem a córrer cap a la paret quan el Fred en sortia amb el rostre radiant i amb el Preciós als braços.

Vam mirar de fer-li senyals per tal que entengués que s'havia d'afanyar. Solament ho va entendre en veure el cotxe que, com era obvi, va reconèixer de seguida. Aleshores va córrer cap a nosaltres el doble de ràpid del que el sabíem capaç i es va submergir directament al nostre amagatall. No sé què se sentia més, si els seus esbufecs o els xiulets del Preciós.

—Eh, tios, eh! Aquest és... Aquest és... —provava de dir sense alè.

—Sí, és el cotxe dels individus del mercat —va complementar la frase el Charly—. No t'ha descobert pels pèls.

—Que potser era aquell musculós? —va preguntar el Fred amb els ulls esbatanats.

—Naturalment. Per fortuna l'ha distret el *cowboy.*

—Són tots dos a la nau de la fàbrica?

—Sí —vaig contestar—. El Charly tenia tota la raó. Més val no tenir res a veure amb ells.

—Estàs d'acord amb mi —em va mirar radiant el Charly— que tots dos són sospitosos?

—Sí —vaig respondre, tot i que em costava molt.

—Què hem de fer, ara? —va preguntar el Ravenet.

—M'agradaria saber —el Charly va observar l'edifici de la fàbrica pel damunt del munt de runa— què tramen allà dins. No hi ha cap finestra arran de terra, però si obríssim una miqueta la porta...

—Tu al·lucines! —vaig interrompre'l—. Ara mateix podem estar contents que no ens hagin descobert i tu vols obrir una porta que grinyola com la porta del castell d'un fantasma? Ja te'n pots oblidar!

—D'acord —el Charly va alçar les mans com demanant que em calmés—. Tranquil·la. Només era una proposta.

—Què fem? —va preguntar el Fred.

Ens vam mirar però ningú no va badar boca.

—Cap suggeriment? —va preguntar finalment el Charly—. Així doncs, hauré de tornar a pensar en alguna cosa.

—És el que fas sempre —el Ravenet va arronsar les espatlles.

—No em queda cap més remei —va rondinar el Charly i es va aixecar—. Anem cap a casa. Us asseguro que demà ja tindré alguna idea.

Per la seva expressió, ja podia endevinar el que li ballava pel cap. I l'expressió amb la qual ens va rebre l'endemà al matí a la l'escola em va corroborar que realment se li havia acudit alguna cosa.

—Espero amb curiositat si ha tornat a tramar res —el meu germà coneix el Charly tan bé com jo.

—Jo també, germanet, jo també.

El Charly ens va fer patir esperant-lo. Va insistir que ens explicaria el seu pla quan arribés el Fred.

—Al cap i a la fi, no cal que ho expliqui tot dues vegades.

—Eh, tio, eh! Tornes a semblar tu, Charly —va dir el Fred tan bon punt va arribar—. Quin pla fantàstic se t'ha acudit?

—Si més no se m'ha acudit un pla —va aclarir el Charly amb un matís lleument ressentit.

—Què és?

—Hauríem d'incloure el senyor Sulte-Stratmann en la nostra investigació.

—Et refereixes al marit de la senyora Sulte-Stratmann? —va exclamar el Fred, esgarrifat.

—És clar. A qui vols que em refereixi si no?

—De segur que estarà encantat —vaig dir, i no vaig poder amagar una rialla per sota el nas.

—No cal que te'n riguis! —va exclamar el Charly—. Ho trobo ben lògic. En primer lloc, coneix molt bé el seu oncle, i en segon lloc, ell mateix va dir que li agradaria col·laborar amb nosaltres.

—I de quina manera l'inclouràs? —vaig preguntar.

—Pot fer preguntes sobre el Johnny Ulls Blaus al seu oncle. Amb discreció, per descomptat.

—Naturalment.

—Això té molts avantatges —va prosseguir el Charly sense cap neguit—. El més normal és que el senyor Brassert parli amb més confiança amb el seu nebot que amb nosaltres, i així, la senyora Sulte-Stratmann no s'enfadarà amb nosaltres si se n'assabenta.

—Però s'enfadarà amb ell —vaig afegir.

—Ja hi deu estar acostumat... —el Charly va arronsar les espatlles.

—I si ens descobreix? —va considerar el Ravenet—. Aleshores podem donar per fet que sí que s'hi enfadarà.

—Precisament l'hi hem de preguntar quan ella no hi és. Però no sabem on treballa. Per això l'hem de visitar a casa seva quan la seva esposa sigui fora.

—Eh, tio, eh! Oblida-te'n! És massa perillós.

—En tot cas no és tan perillós com quan vam ficar el nas en el que feien el Johnny i el fatxenda musculós.

—M'estimaria més no provar d'enutjar-los —el Ravenet es va estremir.

—Bé. He reflexionat sobre quan està garantit que la senyora Sulte-Stratmann no és a casa seva.

—Quan?

—Està ben clar. Perquè s'està més temps a l'escola que nosaltres.

No vam poder preguntar-li com ho havia descobert perquè va sonar el timbre i vam entrar a classe.

Vam tenir Llengua a la segona hora amb el nostre tutor, el Gran Siggi. Amb prou feines l'havíem saludat amb un «bon dia, senyor Schlüter!» ben alt i amable, que el Charly va aixecar la mà.

El Gran Siggi devia estar de bona lluna perquè mostrava un somrís en el seu rostre.

—Charly! Està molt bé que et presentis voluntàriament. Llegeix la teva interpretació de la poesia que us vaig lliurar.

—Com? —el Charly es va posar vermell com

un tomàquet—. La interpretació de la poesia? Oh... De fet, volia saber una altra cosa.

El somrís va desaparèixer de cop del rostre del Gran Siggi.

—Vols saber una altra cosa? Espero que tingui a veure amb la classe. O és sobre el regal per al senyor Kurzweiler?

—Eh, tio, eh! El regal! Me n'havia oblidat del tot! —va ficar la pota el Fred.

—Us n'heu *oblidat?* —va ressonar la veu del Gran Siggi per tota la classe.

—No l'hem oblidat! —va exclamar el Charly de seguida—. Solament l'hem... ajornat. Perquè... oh... perquè teníem coses més importants a fer.

—Què dius?! Teníeu coses més importants a fer. Quines, per exemple? —va preguntar el Gran Siggi fent una passa en direcció al Charly.

—Deures! —va contestar el Charly amb rapidesa.

—Molt bé —el Gran Siggi va respirar profundament—. Ho deixaré passar, però demà passat, com a molt tard, vull el regal damunt la meva taula.

Et vas oferir voluntàriament, així que ho deixo a la teva responsabilitat.

—Queda clar, senyor Schlüter. Se'n pot refiar.

—Això espero.

—Puc fer-li ara la meva pregunta?

—Sí, digues... —el Gran Siggi va deixar escapar un sospir—. Què vols saber?

—Els professors s'han de quedar moltes tardes a l'escola?

—Per què t'interessa? —el Gran Siggi va arrufar les celles.

—Bé —va vacil·lar el Charly—: Molts alumnes afirmen que els professors tenen una feina molt bona perquè disposen de les tardes lliures. Però a mi em sembla que...

—Molts alumnes ho afirmen? —el va interrompre el Gran Siggi.

—Oh, sí. Però no és cert, oi?

El Gran Siggi es va alçar en tota la seva grandària.

—També jo creia aquesta estúpida frase, que els professors treballen al matí i tenen la tarda lliure.

Però us puc assegurar que no és tan fàcil. Tenim la preparació de les classes, la correcció dels deures i no hem d'oblidar les reunions.

—Ha d'anar a moltes reunions? —el va interrompre el Charly.

—I tant! I deixant de banda les reunions setmanals dels dimecres, hi ha també les reunions per a les avaluacions i les...

—Moltes gràcies! —el va tornar a interrompre el Charly—. No volia saber res més.

El Gran Siggi li va clavar una mirada que devia haver après de la senyora Sulte-Stratmann.

—Puc fer-te una pregunta, Charly?

—Per descomptat, senyor Schlüter —el Charly es va empassar saliva.

—Vols tenir l'amabilitat de llegir-me ara la interpretació de la poesia que us vaig demanar?

—Oh, tio! La teva interpretació de la poesia l'ha desmuntat del tot —va dir el Ravenet a l'hora de l'esbarjo.

—Cert, i ha estat completament injust —va rondinar el Charly—. Però almenys ara ja sabem segur quan la senyora Sulte-Stratmann es queda a l'escola a les tardes.

—Els dimecres —vam dir alhora el Fred, el Ravenet i jo.

—Cert, i avui és dimecres.

—Això vol dir que vols anar a veure el seu marit aquesta tarda? —va preguntar el Ravenet.

—Segur. Si no, no calia que hagués organitzat tota aquesta comèdia.

—Eh, tio, eh! Crec que no és una bona idea.

—I ho dius ara? —el Charly es va encarar amb ell.

—No em deixes parlar.

—Oblida-ho —el Charly va brandar el cap—. L'assumpte s'ha de lligar aquesta tarda. I si cal aniré sol a casa del senyor Sulte-Stratmann.

Segurament el Charly ens tornava a amenaçar, com sempre, que si calia duria a terme el seu pla tot sol, perquè sabia del cert que nosaltres seríem a la vora.

Aquella tarda també ho vam fer. Ens vam trobar a l'hort i vam esperar amb paciència fins que el Preciós va acabar d'escurar el seu bol. Després ens vam posar en camí cap a la urbanització dels Sulte-Stratmann.

Com que el Ravenet, tot i que a pesar seu, havia fet de cangur del petit Tim, sabíem on vivien la nostra professora i el seu marit. A més a més, hi havíem capitanejat un dels nostres casos. Per això havíem esbrinat que el senyor Sulte-Stratmann tenia una gran simpatia cap a les bandes de detectius.

Gairebé al mateix temps que vam tocar el timbre de la casa vam sentir els xisclets d'un nadó. Poc després, la porta es va obrir i pel badall hi van aparèixer dos caps, a dalt el del senyor Sulte-Stratmann i a sota el del petit Tim.

—Hola, nois! Què hi ha? —va preguntar el pare del Tim, segurament sorprès—. La meva esposa no és a casa.

—Ja ho sabem —va dir el Charly amb orgull.

—De debò? Com ho sabeu?

—Investigació. De tota manera, no volem parlar amb la seva esposa, sinó amb vostè.

—D'acord. Bé, entreu. No vull que el Tim estigui gaire estona a la porta. Podria agafar un refredat. Però el gos l'haureu de deixar fora.

—Eh, tio, eh! —va protestar el Fred, i aleshores el va asseure al costat de la porta, on es va quedar obedient.

El senyor Sulte-Stratmann va brandar el cap

satisfet, va obrir la porta i vam entrar després de dubtar una mica.

Em sembla insòlit visitar un professor a casa seva. Un professor particular és tota una altra cosa, però un professor de l'escola... En aquest aspecte, entenc bé la senyora Sulte-Stratmann.

El petit Tim, així que va reconèixer el Ravenet, es va arrapar ben fort a la seva cama i mirava enlluernat el meu germà tot remugant i bavejant.

—Li caus molt bé —va dir el senyor Sulte-Stratmann mentre mirava afectuosament el seu fill.

—Ja ho sé —va fer el meu germà amb la veu una mica tremolosa.

Vam seguir el senyor Sulte-Stratmann a la sala d'estar, mentre el Tim no deixava anar el Ravenet, que havia d'arrossegar-lo amb la cama estirada.

El senyor Sulte-Stratmann es va asseure en una butaca i nosaltres al sofà. El Tim rondinava tant que finalment el Ravenet se'l va asseure a la falda. Em sabia greu pel meu germà, perquè intuïa com es devia sentir.

—Així doncs, de què es tracta? —va preguntar el pare del Tim.

El Charly es va escurar el coll per donar-se importància i va treure el seu quadern.

—Necessitem la seva ajuda, senyor Sulte-Stratmann.

—La meva ajuda? Si es tracta dels deures que us fa fer la meva esposa, malauradament no...

—Es tracta del nostre cas —el va interrompre el Charly.

Com si li hagués caigut un llamp, el rostre del senyor Sulte-Stratmann va canviar totalment d'expressió. Si fins feia un moment més aviat ens havia mostrat cortesia, ara semblava francament interessat.

Es va desplaçar fins a la vora de la butaca i es va inclinar cap al Charly:

—Un cas? Un cas autèntic o més aviat un joc?

—Nosaltres ja no juguem! —va exclamar el Charly, esverat—. És clar que és un cas autèntic.

—Primerament ho hem de demostrar —vaig intervenir abans que aquell parell es posessin a somiar que eren Sherlock Holmes.

—Suposem que és un cas autèntic —va mantenir el Charly i va explicar el que havíem viscut i observat el dia anterior.

—...I per això hem pensat que tal vegada podria preguntar al seu oncle si sap res sobre aquest Johnny Ulls Blaus i el fatxenda musculós del mercat —va finalitzar el Charly el seu relat.

El senyor Sulte-Stratmann va escoltar el nostre cap amb atenció, sense interrompre'l ni una sola vegada. Després es va gratar el cap i va sospirar profundament.

—No és tan senzill. Si es tracta d'assumptes de la policia, el meu oncle és bastant susceptible. Si té un pressentiment, no li agrada que l'interroguin. Però ja us ho havia advertit.

—És clar —vaig dir.

—Així no ho farà? —va preguntar el Charly visiblement decebut.

—No he dit això. Solament que és un tema delicat i he de reflexionar-hi una mica, abans de posar-lo en marxa.

—Podríem treballar en un pla conjunt —el Charly, amb els ulls brillants, es va escurar el coll—. Tinc molta pràctica i a més...

El Charly no va poder acabar la frase, perquè vam sentir un soroll que ens va glaçar la sang a les venes: s'havia obert la porta.

Un parell de segons més tard la senyora Sulte-Stratmann era a la porta de la sala d'estar i, en veure'ns, ens va clavar una mirada que eclipsava totes les que fins al moment present li havia vist.

7
Un amic de les flors golafre i una classe de gimnàstica horrorosa

—**Què...** hi... feu..., aquí?

Com impulsats per un ressort, ens vam aixecar tots alhora. Al mateix temps el Tim va estar a punt de relliscar de la falda del Ravenet, però per fortuna el va agafar a temps.

El senyor Sulte-Stratmann va fer un somrís tímid a la seva esposa:

—Hola, estimada. Tornes aviat. Ha estat un passeget per anar a comprar ben curt.

—Passeget per anar a comprar? —va exclamar el Charly, el molt estúpid—. Què ha passat amb la reunió dels dimecres?

—Si et refereixes a la reunió dels professors de Llengua, no te'n puc dir res. Com saps prou bé, aquesta no és la meva matèria.

—És veritat —va dir el Charly, tot encongit.

—Torno a preguntar: per què sou aquí?

Vaig buscar una resposta a la desesperada, però per fortuna el senyor Sulte-Stratmann ens va salvar.

—Els nois solament han vingut a demanar disculpes per l'afer amb l'oncle Leo.

—I...? —la seva esposa li va dirigir una mirada plena d'escepticisme—. Els has disculpat?

—Sí, sí! Tot està conforme!

—Bé, doncs ja us en podeu anar.

No ens ho van haver de dir dos cops.

—I pel que fa al vostre gos —va afegir quan passàvem silenciosament pel seu costat—, s'ha cruspit gairebé totes les flors del jardí del davant. No m'ha semblat gens divertit!

—Eh, tio, eh! Vull dir, disculpi, senyora Sulte-Stratmann.

Mentre el Fred apartava el Preciós del parterre de flors, es va tornar a obrir la porta i va sortir la senyora Sulte-Stratmann.

—Òscar, et volia comentar una cosa de passada.

—Sí? —va preguntar el meu germà i es va quadrar.

—Si alguna vegada et ve de gust tornar a fer de cangur del Tim, sempre seràs benvingut.

—Gràcies, senyora Sulte-Stratmann —el Ravenet es va posar vermell de seguida—, però m'estimaria més...

Vaig donar un cop de colze al meu germà a les costelles.

—Vull dir, ho faré amb molt de gust, senyora Sulte-Stratmann... Algun dia, més endavant.

Quan ja havíem perdut de vista la urbanització en la qual es trobava la casa on vivien els Sulte-Stratmann, el Charly es va fregar les mans.

—Bé, això ha sortit fantàstic! Estic molt content!

—Què dius? —va exclamar el Ravenet—. La senyora Sulte-Stratmann ens ha descobert a casa seva mentre parlàvem del nostre cas amb el seu marit i dius que ha sortit fantàstic?

—En primer lloc, no saps si està enfadada, i en segon, no sap de què parlàvem. Per fortuna no hem hagut de mentir. Ens ho ha resolt el seu marit.

—Cert —vaig donar-li la raó—. I això prova una vegada més que els adults saben mentir millor que els nens.

—El més important és que faci preguntes al seu oncle sobre aquest Johnny Ulls Blaus i l'individu del mercat —va dir el Charly.

—Solament funcionarà si la senyora Sulte-Stratmann es creu l'excusa del seu marit —va replicar el Fred.

—A tot estirar ho sabrem demà a primera hora del matí —vaig afegir—. Tenim gimnàstica amb ella.

Tot i que l'endemà al matí vaig estar bastant tranquil·la davant dels meus amics i el Ravenet, quan m'estava canviant per a la classe de gimnàstica em sentia força malament. Tenia la impressió que la senyora Sulte-Stratmann no s'havia cregut del tot l'excusa del seu marit. Probablement el devia haver cosit a preguntes, quan ja érem fora, perquè, tal com havia dit el Charly, no sabia de què havíem parlat. I el més probable és que ell li hagués explicat la veritat. De tota manera no em sorprenia perquè coneixia la nostra professora. No em volia imaginar com desfogaria la seva ira amb nosaltres i com ens posaria en ridícul davant de tota la classe.

En sortir dels vestidors, els nois estaven ocupats arrossegant els matalassos de gimnàstica pel pavelló esportiu. Una mirada al rostre esblanqueït

del Ravenet em va deixar clar que li preocupaven uns pensaments semblants als meus. No em sorprenia. Al cap i a la fi som bessons.

Aleshores em va semblar que havíem fet una muntanya de tot plegat perquè la nostra professora va entrar a la classe de molt bon humor. Com he dit, ho va semblar. Cal dir que una classe de gimnàstica amb la senyora Sulte-Stratmann no és ni de bon tros un passeig tranquil, fins i tot per als que no tenen cap mena de problema amb l'esport. No obstant això, aquell matí es va superar a ella mateixa. Un exercici extenuant precedia el proper. En acabar amb nosaltres, vam sortir quasi arrossegant-nos del pavelló esportiu.

Després de dutxar-me i canviar-me de roba vaig sortir al pati. Els meus amics ja hi eren. El Ravenet i el Charly estaven abatuts al costat del Fred, que, vermell com un pebrot, es recolzava en una paret.

—Eh, tia, eh! —va panteixar en veure'm—. Això ha estat una revenja, de segur que ha estat una revenja!

—Vols dir que el seu marit li ha explicat la veritat i per això ella s'ha venjat en nosaltres? —va preguntar el Ravenet amb els ulls mig closos.

El Fred va assentir amb el cap.

—No ho crec —va replicar el Charly i va brandar el cap esgotat—. Ha estat simplement bé... o malament, segons com cadascú s'ho prengui.

Vaig recolzar-me a la paret al costat del Fred.

—Suposo que ens n'assabentarem més tard, quan ens trobem la propera vegada amb el seu marit.

Això va passar més aviat del que ens havíem imaginat. Com la primera vegada, estava amagat rere un arbre a la sortida del pati. A més aquest cop sabíem què volia dir el suau «xsst, xsst».

—Vostè, senyor Sulte-Stratmann? —se'm va escapar més fort del que hauria volgut.

Es va dur un dit als llavis, igual com fa sempre el Charly.

—No parleu tan fort, nois. He d'informar-vos ràpidament d'una cosa, abans que surti la meva esposa.

—Alguna novetat sobre el nostre cas? —el Charly s'havia eixorivit a l'instant.

—Naturalment —va sospirar el senyor Sulte-Stratmann.

—Eh, tio, eh! Ha explicat la veritat a la seva esposa?

—Per l'amor de Déu! —va exclamar el senyor Sulte-Stratmann en veu alta—. No seria aquí si ho hagués fet. Es tracta del meu oncle.

—Li ha preguntat res? —va replicar el Charly.

—No, malauradament no he pogut. Està ocupat tot el dia amb la unitat canina de la policia i als vespres no li puc trucar.

—Per què no? —va preguntar el Fred—. Té el telèfon espatllat?

—No! Per la meva esposa, naturalment.

—És clar.

—Només us volia dir que heu de tenir una mica de paciència. Més val que no us hi fiqueu. Qui sap si aquests individus són perillosos. No voldria que us passés res.

—No s'amoïni, senyor Sulte-Stratmann. Ens va bé esperar-nos —va explicar el Charly amb arrogància—. Quan podrà parlar amb el seu oncle?

—No ho sé. He d'anar amb molta cura.

—Té por dels gàngsters? —va preguntar el Ravenet.

—Sí, i tant —va respondre el senyor Sulte-Stratmann, vacil·lant—. Però ara aneu-vos-en, si us plau, abans que la meva esposa ens vegi junts.

En el camí de tornada a casa el Charly va enfonsar les mans a les butxaques dels pantalons i caminava moix al nostre costat.

—Què passa, Charly? —vaig preguntar-li finalment.

—Què vols que passi? El nostre soci m'ha decebut.

—Et refereixes al senyor Sulte-Stratmann? —va preguntar el Ravenet.

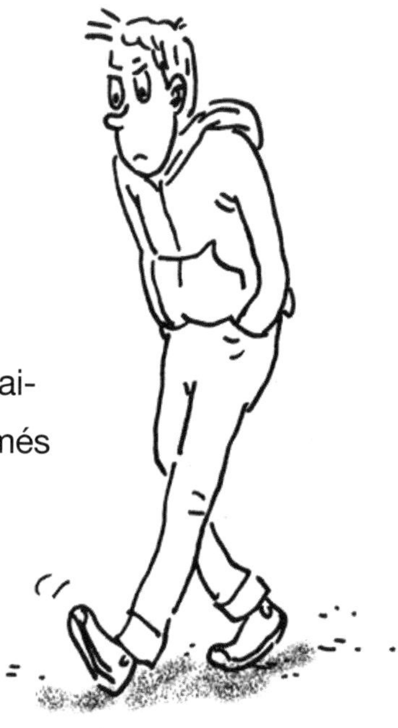

—A qui si no? Amb prou feines es pot creure que tingui tanta por que la seva esposa pugui descobrir que ens ajuda.

—Et sorprèn?

—No, de fet no. I per això no podem abandonar, si més no ara.

—Què vol dir això?

—Això vol dir que hem de prendre alguna iniciativa. El millor de tot és que ens trobem aquesta tarda a l'hort i discutim sobre la situació.

El Ravenet i jo vam acordar d'anar més aviat a l'hort i dur menjar al Preciós.

—Al cap i a la fi no cal que ho faci sempre el Fred —va dir el meu germà i li vaig donar la raó.

De tota manera, havíem fet els nostres càlculs sense posar-nos d'acord amb el Fred, que ja era amb el Preciós quan vam presentar-nos a l'hort.

—Ben aviat dormirà aquí —va brandar el cap el Ravenet—. Què fa ara?

—Sembla com si fes pràctiques amb el Preciós.

A mesura que ens hi apropàvem, ens adonàvem que el Fred practicava amb el Preciós el que li havia encarregat el senyor Brassert. Almenys, ho procurava.

El Preciós s'estava davant del Fred, el mirava i remenava la cua.

—Dret! —va ordenar el Fred, la qual cosa va provocar que el Preciós mogués una mica més de pressa la cua, que altrament no bellugava.

El Fred es va inclinar, va aixecar el seu petit amic i el va dipositar al seu costat.

—Has de fer això quan dic «dret»!

El Preciós es va revoltar, va tornar al davant del Fred i se'l va mirar mentre remenava la cua.

—Eh, tio, eh, Preciós! Ho has d'aprendre!

—va exclamar el Fred, desesperat—. Si no, el senyor Brassert ens tornarà a escridassar.

—Solament ho aconseguiràs amb «regalets» comestibles! —va exclamar el Ravenet.

Tot seguit va enlairar la bossa del menjar per a gossos que havíem portat. Això va fer que el Preciós deixés de córrer a les seves ordres i vingués cap a nosaltres saltant i bordant.

—Eh, tio, eh! —es va enfadar el Fred—. Així no aprendrà res!

—De tota manera, això ja ho saps —vaig replicar—. Si no ho vol fer, no ho farà. Tu mateix ho has dit prou vegades.

—Ja ho sé —va sospirar el Fred—. Però com ho puc explicar al senyor Brassert?

Per variar, vaig agafar el Preciós als braços i vaig dur-lo fins on el Ravenet acabava d'omplir-li el bol. Vaig col·locar el nostre gos al davant, el qual es va precipitar al damunt tot fent petar la llengua al mateix temps.

—Aquesta és la posició «dret» del Preciós —vaig dir aleshores al Fred.

Es va inclinar cap al seu petit amic i li va acaronar el cap.

—Està bé tal com és. Cap gos necessita aquells estúpids exercicis.

—De tota manera, probablement no podrem tornar a l'escola de gossos del senyor Brassert.

—Per què t'ho sembla? —el Fred va alçar el cap vers el Ravenet.

—Que no has sentit el Charly? Vol que prenguem la iniciativa. I una de dues, o bé la senyora Sulte-Stratmann o bé el senyor Brassert tornaran a enfurismar-se amb nosaltres.

—Podem deixar de fer el que ha dit el Charly.

—Però això seria avorrit —vaig afegir.

Aleshores, abans de veure'l, vam sentir arribar el Charly. Va xiular fort i d'una manera postissa abans d'entrar.

—Per què xiula? —va preguntar el Ravenet—. Vol fer la competència al Preciós?

—Es nota que està de bon humor.

—Perquè té un pla —va afegir el Fred amb un sospir.

I efectivament era així.

—Ja sé què hem de fer! —ens va etzibar abans que tinguéssim l'oportunitat de dir res—. Observarem el senyor Brassert.

—Espiar un policia? —vaig exclamar—. T'has begut l'enteniment del tot?

—Pensa amb una mica de lògica, Estefi! —va aixecar l'índex—. El senyor Brassert té alguna cosa a veure amb el Johnny Ulls Blaus. Vam veure com es discutien. I el Johnny duu a terme alguna cosa amb l'individu del mercat. Això també ho vam veure.

—I...? —va voler saber el Ravenet.

—Està ben clar! Si observem el senyor Brassert, aleshores de segur que es reunirà amb l'un o amb l'altre i possiblement podrem descobrir què s'amaga rere de tot l'afer. Us sembla lògic?

—Sí —vaig admetre—. Solament queda un petit problema. El senyor Brassert entrena la unitat canina de la policia i no tenim la més mínima idea d'on és.

—Malauradament és cert —va assentir el Charly—. També m'he empipat perquè no li ho hem preguntat al senyor Sulte-Stratmann. Potser li podríem trucar.

—Oblida-te'n! —va cridar tot d'una el Ravenet.

—Tinc una idea —va dir el Fred davant la sorpresa de tots.

—De veritat? —va preguntar aleshores el Charly—. Això sí que és una novetat.

—Eh, tio, eh! La vols escoltar o no?

—És clar que la vull escoltar.

—Anem-ho a preguntar al comissari Stecker.

—D'això, en dius una bona idea? —vaig preguntar.

El comissari Stecker és el responsable dels assumptes juvenils de la policia. No puc comptar les vegades que l'hem fet empipar. Em sembla que només de veure'ns ja li agafa basca.

—Per què podem aconseguir que el comissari Stecker ens doni l'adreça de la unitat canina de la policia? —va preguntar aleshores el Charly.

—Perquè li direm que volem que facin una prova al Preciós, per veure si és apte per a gos policia.

Va passar una bona estona fins a poder refer-nos de l'atac de riure. El Fred es va quedar moix al nostre costat.

—No ho trobo gens divertit! —va dir finalment.

—Amb franquesa, Fred —vaig panteixar—, creus de veritat que el Preciós pot tenir aptituds per a gos policia?

—No ho sé. A més, això no és tan important. L'essencial és que el comissari Stecker ens descobreixi on és la unitat canina de la policia.

El Charly ens va mirar, al Ravenet i a mi, i va arronsar les espatlles:

—Teniu cap idea millor?

No en teníem cap. Així doncs, el Fred va agafar el Preciós als braços per dirigir al comissari Stecker una pregunta amb la qual de segur que no hauria comptat mai de la vida.

8
Pa de formatge i mitjó xop

Els ulls del comissari Stecker es van obrir com taronges. Va mirar alternativament el Fred i el Preciós, que examinava el comissari amb el cap inclinat, com si esperés la seva reacció a la pregunta del Charly.

Aleshores tot d'una el senyor Stecker va respirar fondo i va esclafir una sonora riallada. Com havia fet amb nosaltres, el Fred el va mirar enutjat.

—Eh, tio, eh! —va dir en veu baixa—. No ho hauria esperat mai d'un comissari, això.

Tot de sobte, tal com havia començat, es va interrompre el riure.

—Un moment. Això és una broma, oi?

—No! És clar que no, senyor comissari. De fet volem saber si el nostre gos seria apte per a ser gos policia. Al cap i a la fi treballem com a detectius i és important que sapiguem quins talents té el nostre gos.

—No, no —el comissari va moure el cap enèrgicament—. Es tracta d'una broma, una cosa per riure. Segurament dueu una càmera amagada i m'esteu filmant.

No entenia res en absolut.

—Per què hauríem de fer-ho, senyor Stecker?

—Perquè voleu penjar a Internet el que filmeu! Fa poc ho han fet alguns alumnes amb els seus professors. Els diaris en van plens.

—Quina idea més dolenta —vaig sentir que deia el Ravenet al meu costat.

—Nosaltres no ho volem fer, senyor comissari —li va assegurar una vegada més el Charly.

—Expliqueu aquests romanços a les vostres àvies. On és la càmera? Traieu-la de seguida!

El comissari Stecker estava a punt d'aixecar-se quan es va obrir la porta del seu despatx i va entrar un policia jove.

—Què passa, col·lega Brenner? —va preguntar el comissari.

—Fa un moment l'he sentit riure a cor què vols i volia saber què passava per si em podia afegir a la gresca.

—Les rialles han passat a la història —va esbufegar el comissari—. Els nois volien gastar-me una broma.

—Això no es fa —el senyor Brenner ens va mirar amb severitat—. De què es tracta?

—La veritat és que m'han preguntat si les aptituds del seu gos podrien ser avaluades a la nostra unitat canina.

—De fet solament voldríem saber on és el centre d'entrenament de la unitat canina —va dir el Charly—. Però no es tracta d'una broma. El comissari Stecker s'equivoca.

El policia jove va assenyalar el Preciós i el va examinar amb el cap inclinat.

—Es tracta exactament d'això! —va cridar el comissari Stecker—. Sap per què crec que els nois volen riure's de mi?

—De quina raça és? —va preguntar el senyor Brenner en comptes de respondre.

—Ni idea —el Charly va arronsar les espatlles.

—El Preciós no és de cap raça! —va exclamar el Fred—. El Preciós és... el Preciós!

—També és un mestís —va assenyalar l'eixut col·lega del comissari Stecker.

—Sí, i què? —va preguntar el comissari amb una visible desconfiança.

—He assistit recentment a un seminari a l'acadèmia de policia. Tractava de les habilitats dels gossos per a la unitat canina de la policia.

—Vaja! I...? —va preguntar el comissari encara una mica desconfiat.

—El col·lega que feia el seminari ens va explicar que els mestissos són molt adequats.

—Eh, tios, eh! Ho he dit. El Preciós és el gos més intel·ligent i...

—No ho diu de debò! —va exclamar el comissari.

—Oh, és clar que sí, parlo seriosament —va prosseguir el policia jove amb fermesa—. Evidentment són poc aptes per a la defensa però posseeixen molt bon olfacte.

—És veritat —va dir el Charly—. Ensuma el seu menjar d'un quilòmetre lluny.

—Per això sovint els usen com a gossos de recerca —el senyor Brenner no es va deixar desconcertar—, com als aeroports, per exemple.

A cada paraula del seu col·lega, el comissari Stecker semblava posar-se una mica més nerviós.

—Tot això està molt bé i és molt bonic, benvolgut col·lega —va dir finalment—, però cregui'm, conec aquests nois i el seu gos. I per aquest motiu, el millor que podem fer és tornar a la nostra feina i que els nois agafin el gos als braços i tornin a casa.

El senyor Brenner va brandar el cap amb energia. Ja no se'l podia frenar.

—Almenys hauríem de sospesar la possibilitat de fer una prova, senyor Stecker —dit això va sortir del despatx.

El senyor Stecker ens va mirar i va picar la taula amb els dits.

—No us en podríeu anar a una altra ciutat? —va preguntar en veu baixa.

Ens vam estimar més no dir res. Poc després el senyor Brenner va tornar a entrar al despatx. Em vaig preguntar per què tot d'una el Preciós es mostrava inquiet. Ben aviat me'n va quedar clar el motiu: el senyor Brenner subjectava un tros de pa de formatge.

—Què fa? —va rondinar el senyor Stecker.

—Faig que el gos ensumi aquest bocí, perquè

després busqui l'altre tros de pa que he amagat al meu despatx.

Es va inclinar i va sostenir el pa vers el Preciós, que amb un salt va ser al seu davant, va enxampar el bocí i se'l va cruspir. El policia jove no va dir res, solament va mirar incrèdul la seva mà buida.

—Està clar que és intel·ligent —vaig dir—. No busca primer l'altre tros de pa, sinó que es cruspeix aquest de seguida.

—Oi que l'havia avisat, col·lega? —va rondinar el comissari Stecker perceptiblement nerviós.

—No, no! Un intent no em demostra res. Potser li hauríem de fer ensumar alguna cosa que no fos menjar.

—Bona idea —va dir el Charly en veu baixa.

—Eh, tio, eh! Ja ho tinc! Una vegada el Preciós va trobar el fill petit del Gran Siggi després que li vam fer ensumar un dels seus mitjons!

Per a sorpresa nostra, el Fred es va treure la sabata.

—Para! —va cridar el comissari Stecker—. Quina va ser la darrera vegada que et vas rentar els peus?

—Oh..., ahir..., em sembla —va contestar el Fred, va estirar el mitjó del seu peu pudent i va dirigir-se cap al Preciós, el qual va retrocedir un parell de passes. Després el Fred va aconseguir, malgrat això, sostenir-li sota el nas aquella cosa que ja havia escampat la seva aroma pel despatx del comissari Stecker.

—I ara què? —va preguntar el comissari, que mirava amb cara de fàstic el mitjó del Fred.

—Ara amagaré el mitjó dins el despatx del senyor Brenner i el Preciós el buscarà.

—Al meu despatx? —va exclamar el senyor Brenner, esgarrifat.

—No té cap més remei —el comissari Stecker va fer un somrís irònic al seu col·lega.

—Molt bé. Segona porta a la dreta —va sospirar el senyor Brenner.

Així doncs, el Fred amb el mitjó a la mà i el peu descalç, va sortir coixejant del despatx del comissari Stecker, el qual mentrestant s'havia recolzat a la cadira i ho observava tot amb aire divertit. El Fred va tornar en un tres i no res i es va agenollar davant del Preciós.

—Busca, petit. Busca el meu mitjó.

El Preciós va mirar el seu millor amic una mica irritat, però va trotar en direcció a la porta del despatx. El Fred la va obrir i el Preciós va fer el fatxenda cap a fora, seguit pels policies i els components de Charly & Co.

El nostre gos de moment va mirar a dreta i esquerra com si no sabés en quina direcció havia

d'anar, però després es va decidir per la dreta. Va caminar a tocar de la porta del despatx del senyor Brenner i va passar de llarg.

—Vaja —vaig sentir que deia en veu baixa el comissari—. Quin bon olfacte...

Com si el Preciós l'hagués sentit, va girar cua, es va aturar davant del despatx correcte i va mirar el Fred.

—Ho sabia! —estava radiant—. Molt bé, petit!

Aleshores va obrir la porta, i el Preciós va saltar a l'interior.

—Per què va tan rabent de sobte? —va preguntar el policia jove.

Vam saber-ne la resposta així que vam entrar al seu despatx. El cap del Preciós estava enfonsat en un arxivador que hi havia a terra. Quan va reaparèixer, vam veure que sostenia l'altre bocí de pa de formatge al musell.

—El meu sopar! Això era el meu sopar! —va exclamar el senyor Brenner esgarrifat, mentre el comissari Stecker es recolzava al marc de la porta i no podia amagar una rialla.

—Eh, tio, eh, Preciós! No havies de buscar el pa, sinó el meu mitjó!

El nostre petit golafre va dirigir una mirada al Fred com si li volgués dir: no cal estressar-se!

Després va fer una mirada al despatx, va trotar finalment cap a un armari ple d'arxivadors i va bordar.

—Què li passa ara? —va preguntar el senyor Brenner.

El Fred es va situar al costat de l'armari i va assenyalar un gerro que hi havia al damunt amb un somrís triomfant.

—I què? —va preguntar el senyor Brenner—. Això és un gerro de flors. El mitjó és a dins?

En comptes de respondre, el Fred va posar la mà al gerro i en va treure el seu mitjó tot regalimant.

—Sorprenent! —el senyor Brenner va arrufar les celles—. Molt sorprenent, ja que l'aigua amaga qualsevol olor.

—Però no la dels mitjons del Fred —va opinar el Charly—. Farien ferum encara que s'haguessin enfonsat amb el Titanic.

—Eh, tio, eh!

—Així doncs, ens donarà l'adreça d'on podrien avaluar l'habilitat del Preciós? —vaig preguntar al senyor Brenner abans que el Fred i el Charly es tornessin a discutir.

El senyor Brenner va assentir i es va dirigir a la seva taula.

—Jo m'ho repensaria —va llançar el comissari

mentre el senyor Brenner escrivia l'adreça en un full de paper i me l'allargava.

—Presenteu-vos al meu col·lega Brassert. És qui porta la unitat canina.

—Això vol dir...

La meva puntada de peu contra la tíbia del Ravenet va impedir que es fiqués de peus a la galleda.

Gràcies a l'adreça que ens havia proporcionat el senyor Brenner vam poder trobar la unitat canina a l'altra banda del parc municipal. Hi havia un bosquet en el qual la policia havia situat la unitat canina. Durant tot el camí el Fred va parlar amb entusiasme de la intel·ligència del Preciós mentre el Charly buscava motius per fonamentar que el nostre gos havia trobat el mitjó del Fred per casualitat.

Em vaig alegrar d'arribar finalment al bosc i que els dos gallets poguessin distreure's amb unes altres coses. Vam seguir un tros pel camí principal de vianants i finalment vam descobrir un cartell indicador de la unitat canina que assenyalava un estret camí lateral.

Quan érem a la vora del camp de pràctiques, vam veure que era essencialment més gran que el camp de pràctiques que coneixíem. Allà no hi havia un únic terreny de pràctiques, sinó molts, i pertot caminaven els gossos amb els seus ensinistradors.

A l'entrada de l'enorme superfície de terreny, ens vam aturar i ens vam mirar.

—Ostres —va remugar el Ravenet—. Hem d'ensopegar-nos amb el senyor Brassert?

—I sobretot, com el vigilarem sense que ens descobreixin? —vaig afegir.

—Deixem-ho fins que no haguem començat —va murmurar el Charly—. Hem de buscar el senyor Brassert. Després ja sortirà la possibilitat de vigilar-lo dissimuladament.

De sobte el Fred va fer un salt i el Preciós va deixar anar un xiulet.

—Eh, tios, eh! Allà hi ha el senyor Brassert! I no està sol!

Efectivament, el policia gegantí es trobava en una banda d'un dels camps de pràctiques. Vaig re-

conèixer a primer cop d'ull l'home que parlava amb ell: era el seu nebot, el senyor Sulte-Stratmann.

—Què hi fa, aquí? Pensava que no tenia temps per visitar el seu oncle —em va dir a cau d'orella el Charly, el qual s'havia ajupit i segurament buscava un amagatall convenient.

—Ni idea. De tota manera, ja ho ha fet.

—Així doncs, ens en podem anar —el Ravenet es va escurar el coll—. Simplement, esperem que surti el senyor Sulte-Stratmann i li preguntem què ha dit el seu oncle.

—Ho sabia! —el Charly el va mirar horroritzat—. Et penses que ara, després de fer tota aquesta comèdia amb el Preciós i d'encarregar-me de tot, justament quan som a punt d'assolir l'objectiu, tornarem a girar cua?

—I què penses fer? —va preguntar el Fred.

—Què et sembla? Ens hi acostarem silenciosament i intentarem escoltar-los d'amagat.

Dit això, va desaparèixer rere un frondós arbust. No ens va quedar cap més remei que seguir-lo una vegada més.

9
Un gos intel·ligent cercador de mitjons xops

Evidentment vam aconseguir apropar-nos d'amagat fins a poques passes del senyor Brassert i el seu nebot.

—Mira, sembla com si també es discutissin —em va dir el Ravenet a cau d'orella.

En efecte, l'escena s'assemblava a la que havíem contemplat al centre d'ensinistrament de gossos, tan sols que aquest cop el senyor Brassert no parlava disgustat amb el Johnny Ulls Blaus, sinó que més aviat era el senyor Sulte-Stratmann qui imposava la seva paraula.

I novament no enteníem gaire bé de què anava la discussió. No era tant per la distància que ens en separava, sinó pel xivarri de tota aquella munió de gossos policia que feien exercicis pel camp de pràctiques.

—Si almenys deixessin de bordar un moment —va rondinar el Charly.

Poc després, efectivament el soroll va disminuir una mica, amb la qual cosa vam ser capaços de pescar algun tros d'alguna frase. Suficient perquè em clavés un ensurt terrible. Aleshores va tornar el xivarri dels gossos i no vam entendre res més.

—Ho has sentit? —em va dir el Ravenet a cau d'orella.

El Charly es va treure el seu quadern de notes.

—Arriscat... Aguantar sota totes les circumstàncies... No espantar-se de res... —va repetir, mentre escrivia, allò que també jo havia sentit.

—Eh, tios, eh! Això no sona gens de bé.

—Cert —el Charly es va posar el quadern a la butxaca—. Espero que disminueixi una mica el soroll per poder escoltar-los una mica millor.

Això no va passar. Al cap d'un parell de minuts el senyor Sulte-Stratmann es va acomiadar del seu oncle. Va caminar tan a la vora d'on érem que vaig témer que ens descobrís. Aleshores vaig poder veure el seu rostre. La seva expressió s'ajustava a allò que havíem sentit.

—Què fem ara? —va preguntar el Ravenet quan

el senyor Sulte-Stratmann ens va haver passat pel davant.

El Charly va observar el senyor Brassert, que seguia plantat en una banda del camp de pràctiques, i després el seu nebot, que amb les espatlles enfonsades caminava en direcció cap a la sortida.

Aleshores, abans que el nostre cap ens pogués dir si havíem de quedar-nos a espiar, el Preciós ho va desbaratar tot.

—Eh, tio, eh! Preciós, per què et bellugues sense parar?

La resposta va ser un xiulet a través del seu buit dental i, abans que poguéssim impedir-ho, va saltar del braç del Fred, es va barallar amb els matolls i va córrer sense parar cap a un grup de gossos policia a l'altra banda del camp de pràctiques.

—Dimoni! —va exclamar el Charly—. Què vol fer?

—Ni idea —vaig respondre—. Però, pel que puc apreciar, asseguraria que es tracta de menjar.

—Espero —el Ravenet es va escurar el coll— que el senyor Brassert no el descobreixi.

Aleshores la seva veu va tronar al voltant de tot el terreny:

—Què fa aquest gos? Home, si el conec! Com ha arribat aquí?

Ens vam mirar. No ens van caldre paraules per concloure que no tenia cap sentit que ens mantinguéssim amagats i a poc a poc ens vam dirigir cap al senyor Brassert.

—Què li direm ara? —em va murmurar el Ravenet.

—Està clar —va contestar el Charly en el meu

lloc—. Mantindrem la nostra història que volem que avaluïn el Preciós com a gos policia.

—Què passa? —ens va escridassar el senyor Brassert des de la llunyania—. El menjar és només per als gossos policia. No hi han de fer res, els gossos estranys!

Des de l'altra banda es va acostar un policia. Va agafar el Preciós pel bescoll i, sense badar boca i amb una expressió gens amable, el va deixar als braços del Fred.

—Ens sap greu —vaig dir amb sentiment de culpabilitat—. Quan es tracta del menjar el nostre gos no se sap refrenar.

—M'ho imagino —va esbufegar l'oncle del senyor Sulte-Stratmann—. No està educat per seguir el rastre, ja ho va demostrar mentre fèiem la primera pràctica.

—No obstant això, té un olfacte superfí! —va defensar el Fred al seu millor amic—. Fins i tot ha detectat mitjons sota l'aigua.

—Vaja —el senyor Brassert va mirar el Fred desconcertat—. I per a què és útil això? Vols ensinistrar-lo com a gos cercador de mitjons xops?

—No, més aviat com a gos policia —va dir el Charly amb rapidesa—. Per això som aquí.

—Com dius? —el senyor Brassert va aixecar les celles.

—Un col·lega seu ens ha enviat cap aquí —vaig continuar jo en comptes del Charly—. Li ha semblat que el nostre gos podria ser del seu interès.

—Un col·lega? Qui? —va exclamar el senyor Brassert amb la veu una mica més alta.

—El senyor Brenner.

El policia gegantí va arrufar el front igualment gegantí.

—Brenner? Ah, sí! Ja me'n recordo. Vaig fer recentment un seminari amb ell —aleshores va brandar el cap—. Contínuament se li acudien idees, a aquest jove policia.

—Així doncs, no vol fer la prova al Preciós? —va preguntar el Fred amb cautela.

—Em puc estalviar la prova. Abans que reflexioni sobre això, cal que un gos obeeixi les ordres. I pel que fa al vostre gos, no aconsegueix ni una vegada la posició «dret». Espero que hàgiu practicat amb ell. Demà tindrem una altra hora de pràctiques i no vull presenciar una nova catàstrofe. M'heu entès?

Vam assentir amb coratge i vam esfumar-nos, tan de pressa com ens va ser possible, en direcció a la sortida.

En el camí de tornada van restar en silenci.

—Almenys el Preciós ens ha fet prendre la decisió de si ens calia espiar el senyor Brassert o el senyor Sulte-Stratmann —vaig dir per trencar el gel.

—Sí, qui? —em va mirar el Charly.

—Cap dels dos. L'un ens ha descobert i l'altre s'ha fet fonedís.

—Ha, ha! Molt divertit. No obstant això, estic segur que el senyor Sulte-Stratmann té una pila de coses per explicar..., sobretot a causa de la conversa que hem sentit.

—Potser vindrà demà a l'escola i ens ho explicarà —va dir el Fred gratant la mitja orella del Preciós—. Ja ho ha fet un parell de vegades.

El Ravenet em va agafar el braç i va fer:

—Xsst, xsst.

I això va ser l'estímul que va provocar que esclafíssim a riure.

No ens van venir ganes de riure l'endemà al matí a la classe de Llengua. Tan bon punt el Gran Siggi va entrar a l'aula, em va venir una sufocació:

—Ostres! El regal per al senyor Kurzweiler.

—Oblidat! —van ressonar les veus del Fred, el Ravenet i el Charly.

—Vegem... —va preguntar el nostre tutor al mateix temps—. Per quin regal s'han decidit els senyors?

—Doncs... —va respondre el Charly amb un titubeig—, és una mica complicat.

—I això què vol dir?

—No tenim cap regal! No se'ns ha acudit res.

A la classe no se sentia ni una mosca. Solament es podia escoltar la respiració feixuga del Gran Siggi.

—Ets conscient que avui és l'aniversari del nostre director? —va preguntar aleshores el Gran Siggi amb una veu perillosament suau.

El Charly va brandar el cap i es va esmunyir cadira avall.

—Ara quin paper faré davant els meus col·legues, que oferiran els regals dels seus alumnes...? I jo amb les mans buides perquè a vosaltres no se us ha acudit res!

Va pronunciar les darreres paraules amb una veu tan alta que el Charly va estar a punt de caure de la cadira.

Havia d'ajudar el pobre Charly perquè la ficada de pota era col·lectiva.

—Puc fer un suggeriment, senyor Schlüter? —vaig preguntar, després d'armar-me de coratge.

—Endavant. Digues, Estefania.

—Podem comprar el regal després de les classes i dur-l'hi a casa seva com una sorpresa.

El meu germà, al costat meu, es va estremir i darrere meu el Charly i el Fred feien uns sorolls indefinibles, però per fortuna no van dir res.

El Gran Siggi em va observar amb les celles arrufades. Aleshores, tot d'una va canviar d'expressió i va somriure.

—No està malament, Estefania, no està malament. Aleshores el puc felicitar i anticipar-li una sorpresa dels meus alumnes. Això serà una novetat. De tota manera, pel que sé, avui a la tarda no serà a casa.

—Així doncs, l'hi durem a primera hora del matí de demà.

—Molt bé —va estar d'acord el Gran Siggi—. Feu-ho així. I què li comprareu?

—Alguna cosa per menjar o per beure! —va exclamar el Charly.

Ara va ser el Gran Siggi qui va deixar anar un soroll indefinit. Després, afortunadament, va començar la classe.

En sortir de l'escola, vam esperar endebades el «xsst, xsst» del senyor Sulte-Stratmann.

—Ostres! —va exclamar el Charly—. Quan ens podria ajudar, no es presenta. I a sobre hem d'anar a comprar l'estúpid regal. M'estimaria més treballar en el cas.

—Podem comprar el regal demà a primera hora del matí —vaig replicar—. Aquesta tarda hem de tornar al curs de gossos.

—És veritat —va afirmar el Charly—. Això ve com l'anell al dit. Potser hi haurà el Johnny Ulls Blaus i, naturalment, el senyor Brassert també. Potser fins i tot s'hi deixa caure el senyor Sulte-Stratmann. Seria una bona oportunitat per fer progressos en el cas.

—Si sabéssim que es tracta d'un cas —vaig afegir.

—A mi també m'agradaria saber-ho. Asseguraria que el Johnny Ulls Blaus, l'individu del mercat i el senyor Brassert es protegeixen. I vés a saber si també el senyor Sulte-Stratmann.

—De tota manera hem de ser prudents, sobretot si penso en el que vam sentir ahir al camp de pràctiques dels gossos policia.

Certament el meu germà tenia tota la raó.

A l'escola m'havia cridat l'atenció que el Fred aquell matí amb prou feines havia dit res i caminava amb una expressió més aviat encongida.

El Ravenet i jo vam conèixer el motiu aquella tarda quan el Fred va tornar a trucar a la porta de casa. Al primer cop d'ull es notava que el turmentava alguna cosa.

—Ha tornat a desaparèixer el Preciós? —li va preguntar tot seguit el Ravenet.

—No, però sóc aquí a causa del Preciós.

—Què li passa?

—Eh, tios, eh! Ningú pot entendre que el Preciós és realment molt intel·ligent! —va cridar el Fred de sobte amb una veu tan alta que el Ravenet i jo ens vam estremir.

—El més important —vaig dir, tot tustant-li l'espatlla— és que tu ho saps.

—Ell de segur que també ho sap —va afegir el Ravenet.

—Això l'ajudarà ben poc amb el senyor Brassert —el Fred va fer un sospir molt profund.

Es tractava d'això!

—Tens por que puguis fer el ridícul? —va preguntar el Ravenet.

—No, em fa més por que faci el ridícul el Preciós.

Em venien ganes de riure. Era típic del Fred.

—Acabes de dir que el Preciós és intel·ligent.

—Sí, i què?

—Aleshores de segur que entendrà que ha de fer l'exercici com els altres.

—Només cal que l'hi facis entendre —va afegir el Ravenet.

El cert era que no ho crèiem en absolut, però el Fred estava entusiasmat.

—Eh, tios, eh! Teniu raó! Més val que me n'hi vagi de seguida.

—Venim amb tu! —vam exclamar el Ravenet i jo alhora, que ens proposàvem no deixar-nos perdre res.

A l'hort, el Fred es va esperar pacientment que el Preciós buidés el bol del menjar i el mirés satisfet amb els ulls lleugerament vidriosos.

—Amb la panxa plena para més atenció —ens havia explicat prèviament el Fred.

El Fred es va agenollar davant del Preciós i va gratar-li la mitja orella, una cosa que li agradava molt.

—Ara escolta'm bé, petit —va començar a parlar aleshores el Fred en veu baixa però enèrgica al seu amic—. Ara tornarem a anar a aquella estúpida escola de gossos. Prou que sé que no t'agrada.

—Deixant de banda el Rufus —va intervenir el Ravenet, que va rebre una mirada de reüll del Fred.

I el Preciós va deixar anar un soroll que va sonar gairebé com si assentís.

—Els exercicis que hauràs de fer segur que no són convenients per a tu —va prosseguir el Fred

sense torbar-se—. No obstant això, m'has de fer un gran favor: quan sentis la veu de l'home gran, has de creure'l. És a dir, no s'ha d'enfadar amb nosaltres. M'has entès?

Aleshores va mirar el Preciós com si esperés la seva resposta.

—No em sorprendria gens que el Preciós un bon dia comencés a parlar —em va dir el Ravenet a cau d'orella.

—O que el Fred comencés a bordar —vaig murmurar.

—Eh, tia, eh! T'he sentit.

—Almenys té tan bona oïda com un gos —va riure el Ravenet.

I com que ni el Preciós havia de parlar ni el Fred havia de bordar, vam jugar una bona estona amb el nostre gos fins que va arribar el Charly i ens vam dirigir a la «Zona per a vianants. Centre d'inscripció». Tot i que no ho havíem parlat entre nosaltres, vam mantenir el Charly al marge del nostre petit experiment amb el Preciós.

Quan ens vam trobar prop de l'aparcament del bosc, em va sorprendre un reiterat sentiment de perill. I si el cotxe dels individus del mercat tornava a ser-hi?

—No pot ser! —el Ravenet se'm va apropar—. El cotxe fatxenda és allà!

—Efectivament! —va exclamar el Charly—. Podeu veure qui hi ha a dins?

—No. I no ho vull saber. Tot aquest assumpte em sembla molt alarmant.

Era de la mateixa opinió que el meu germà. Aquell individu i l'amo del Rufus tenien alguna cosa a veure l'un amb l'altre. I de segur que no estava relacionada amb el curs per a gossos.

10
Un prodigi a la «Zona per a vianants. Centre d'inscripció»

Poc després vam oblidar-nos del paio del mercat i el seu cotxe. El Preciós, al qual el Fred per precaució havia agafat als braços poc abans de l'entrada al camp de pràctiques, va ensumar el Rufus i tots dos es van saludar com si fes mesos que no es veiessin.

—S'agraden, aquests dos —el Fred va sospirar.

—Ja hi tornem a ser? —va tronar la veu del senyor Brassert per tot el recinte—. A més, arribeu tard. Vinga! Dret i a caminar!

En un primer moment em va semblar que els altres gossos juntament amb els seus amos i mestresses estaven preparats en una filera i havien ocupat la posició «dret»

El Fred va anar cap al Preciós, el va aixecar i li va murmurar alguna cosa a l'orella. Després el va tornar a deixar a terra i es va col·locar al costat del Johnny Ulls Blaus i el Rufus. Aleshores va passar una cosa que no s'hauria imaginat ni en somnis. El Preciós es va situar al costat dels peus del Fred i el va mirar amb expectació. I no solament això. Tal com feien la resta de gossos, va caminar ben a la vora del Fred a través del camp de pràctiques fins al senyor Brassert, el qual no va dir res, però va fer un senyal amb el cap al Fred i va reprimir un somrís.

—No pot ser! —va exclamar amb incredulitat el Charly—. Què li ha passat al Preciós?

—És prou intel·ligent —el Ravenet em va donar un cop de colze al costat.

D'una banda, vaig haver de dissimular el riure, però de l'altra, el nostre gos em tornava a deixar admirada. Durant tota l'hora de pràctiques va fer amb coratge els exercicis que el senyor Brassert anava indicant, a ell i als altres gossos. Havia entès el que el Fred li havia dit? Potser era cert que algun dia parlaria?

Finalment l'oncle del senyor Sulte-Stratmann va venir on érem i va tustar l'espatlla del Fred amb la seva mà gegantina.

—Bé! Continua així!

Després d'aquestes paraules, els ulls del Fred es van il·luminar com una bombeta de cent watts.

Fins i tot el Johnny Ulls Blaus es va desfer en elogis:

—Els gossos han de saber qui és l'amo —va dir.

—Duu una roba molt elegant —va comentar el Charly d'una manera totalment sobtada.

El *cowboy* de pa sucat amb oli es va sentir afalagat.

—Oh, bé. És una petita mania meva.

—On la compra? Al mercat?

No podia ser! Què s'empatollava? Vaig veure que el Ravenet i el Fred es miraven el Charly amb la boca oberta de bat a bat.

—Noo! Al mercat no s'hi troben aquesta mena de coses. Les venen en botigues especialitzades. Si vols, et puc donar una adreça...

—Se m'ha acudit preguntar-l'hi perquè els seus amics també venen roba al mercat.

—Els meus amics?

—Sí. Els que s'estan al cotxe a la zona d'aparcament. Els hem vist un parell de vegades.

Em va terroritzar adonar-me de la reacció del Johnny Ulls Blaus a l'estúpida xerrameca del Charly. Se'l va mirar amb la cara blanca com un full de paper i panteixant.

—Ara... ara me n'he d'anar —va impulsar-se cap endavant—. He d'enllestir un munt de coses. Anem, Rufus.

Es va tombar cap a la sortida i va caminar a grans gambades cap a l'exterior del camp de pràctiques.

—T'has tornat boig? —vaig increpar el Charly—. Què pretenies?

—Prou que ha funcionat —va replicar sense immutar-se.

—Eh, tio, eh! Li has donat un ensurt de mort!

—Bé, i què?

—Encara ho preguntes? —va cridar el Ravenet—. Si de veritat és un brivall i està confabulat amb els individus del mercat, aleshores ja s'ha assabentat que nosaltres sabem alguna cosa.

—I segurament no s'ho prendrà amb calma.

—Vols dir que poden... —el Charly va empal·lidir i es va escurar el coll.

—Venjar-se —va afegir el Ravenet en veure que el Charly no acabava la frase.

—Ostres! No hi he pensat, en això. I ara què fem?

—Eh, tio, eh! Rumia un pla. És el que acostumes a fer sempre.

El Charly el va mirar amb uns ulls com unes taronges i va moure el cap.

—Sí, tens raó. Me'n vaig a casa. Hi puc reflexionar més bé.

Se'n va anar cap a la sortida tan ràpidament com ho havia fet uns moments abans el Johnny Ulls Blaus.

Durant tot el camí de tornada el Fred, el Ravenet i jo vam xerrar sobre la ximpleria que havia comès el Charly, tot i que no servia per a res. Havia passat i l'únic que podíem desitjar era que no ens posés en perill.

Poc després que el Ravenet i jo arribéssim a casa, va telefonar el Charly. Amb timidesa va explicar que se li havia acudit una cosa.

—Què és? —vaig preguntar.

—Fa de mal explicar per telèfon. Demà al matí hem de mirar d'aconseguir el regal per al senyor Kurzweiler. Ens veiem al centre.

—Però no al mercat —vaig dir tot seguit—. No tinc cap ganes d'ensopegar amb aquells paios.

—Jo tampoc —va afegir.

Tot i que no sabia per què, tenia un estrany pressentiment.

Es va confirmar l'endemà al matí. Força aviat vam passar a recollir el Fred i el Preciós a l'hort i vam anar amb autobús al centre de la ciutat. Vam trobar el Charly certament allunyat del mercat, però tenia una notícia que ens va deixar bocabadats.

Ens va dur fins a l'entrada d'una casa, va mirar a banda i banda i després va xiuxiuejar:

—Aquests paios en duen alguna de cap.

—Quins paios en duen alguna de cap? —no tenia idea de què parlava.

—I doncs! Els del cotxe fatxenda.

—D'on ho has tret? —vaig cridar—. No deus haver...

—Vam acordar que no aniríem al mercat —em va interrompre—. Però el que he fet abans, no ho havíem acordat.

—Eh, tio, eh! Què has fet?

—He vingut molt d'hora i m'he amagat a la vora de la seva parada per tal d'espiar-los quan la muntessin.

—No pot ser veritat! —va exclamar el Ravenet.

—I tant! I no m'ha passat res. Anava ben disfressat.

—Amb el vestit de flors? —vaig preguntar.

—Eh, tio, eh! L'espia amb el vestit de flors! —va esbufegar fort el Fred.

—No podríeu deixar de dir estupideses? —el Charly es va moure cap a un costat—. Si no, no us explicaré res del que he descobert.

—Això no t'ho creus ni tu —vaig replicar.

Em va dirigir una mirada fulminant, però després va començar a explicar el que havia espiat:

—Al començament ha estat força avorrit. Només parlaven de futileses sobre roba. Qui penjava aquells vestits i coses d'aquestes.

—No sembla gaire interessant! —em vaig queixar.

—Sigui com sigui, sí que han dit una cosa interessant i no sonava bé.

—Què era? —va preguntar el Ravenet i va tòrcer els ulls.

—Que tenien la intenció de presentar-se a un altre individu. Que no podien deixar-lo fer i que volien donar-li una lliçó que no oblidaria mai.

Certament no sonava gens bé.

—De qui parlaven?

—Ni idea —el Charly va arronsar les espatlles—. Me n'he hagut d'anar perquè arribaven els primers clients i m'ha fet por que em descobrissin.

—Bé —vaig brandar el cap—, almenys has actuat amb intel·ligència.

—A qui es devien referir? —va preguntar el Ravenet.

—Potser al Johnny Ulls Blaus.

—O bé al senyor Brassert —va dir el Ravenet.

—O fins i tot al senyor Sulte-Stratmann —el Charly es va gratar el cap.

—Hem d'avisar la policia!

—I què els podem explicar? —vaig contradir el meu germà—. No tenim cap prova. Només perquè el Charly ha sentit que volien donar una lliçó a algú, no els arrestaran.

—A més a més —el Fred va arronsar les espatlles—, tampoc no ens creurien. Només som uns nens.

Em semblava que només hi havia una persona a la qual podíem adreçar-nos.

—Tenint en compte això, anem a veure el senyor Sulte-Stratmann i li expliquem tota la història. Al cap i a la fi, va parlar amb el seu oncle perquè es tractava d'una cosa perillosa. Apostaria que també tenia a veure amb els individus del mercat.

—I què fem amb la senyora Sulte-Stratmann? —va exclamar el Ravenet—. Encara s'enfadarà més amb nosaltres!

—L'Estefi té raó —va dir el Charly—. Millor ara, abans que passi res a ningú. Sabrem sobreviure a la senyora Sulte-Stratmann.

—Eh, tio, eh! Si penso en la darrera classe de gimnàstica, no n'estic tan segur.

En arribar a casa de la nostra professora, el nostre pla se'n va anar en orris. Vam tocar el timbre i vam picar a la porta, però no ens va obrir ningú. Finalment vam fer un tomb pel jardí, però tampoc no vam veure ni una ànima. En comptes d'això, vam veure una dona al jardí veí que molia alguna cosa en un morter damunt la taula del jardí.

—Ho preguntem a aquesta senyora? —el Charly em va estirar el braç.

—Per què no?... Hola! —vaig saludar la dona.

—Sí? —va aixecar la vista—. Qui sou? Què feu al jardí dels Sulte-Stratmann?

—Som alumnes de la senyora Sulte-Stratmann i veníem a preguntar-li una cosa.

—És sobre els deures —va mentir el Charly, que ho sap fer molt bé.

—És clar. La senyora Sulte-Stratmann i el seu marit han sortit fa una estona.

—Sap quan tornaran? O bé on són?

—Em sap greu —la dona va negar amb el cap—. Però, si voleu, podeu venir a beure una tassa de te amb mi i esperar-la.

—És molt amable —vaig dir—, però malauradament no tenim temps.

—Què mol aquí? —va preguntar de sobte el meu germà.

—Te —la veïna va somriure-li—. Fer infusions és el meu *hobby.* Són molt saludables!

—Quina mena de te prepara ara?

—Te energètic. És la meva pròpia recepta. Espavila quan ens sentim amb poca energia o ensopits.

Els meus amics i jo vam bescanviar una mirada i ens va semblar que pensàvem el mateix.

—També en ven? —vaig preguntar.

—Ens aniria bé una ració ben gran —va afegir el Ravenet.

—És per a un regal! —va prosseguir el Charly.

—Eh, tia, eh! Un regal d'aniversari!

—A casa del senyor Kurzweiler falta gent! —vaig exclamar i vaig aixecar la bosseta brodada que l'amable veïna ens havia omplert de te energètic.

—Molt bé —va sospirar el Ravenet—. Hem de tornar enrere.

—Després podem tornar —va dir el Charly—. Aleshores potser el senyor Sulte-Stratmann ja haurà arribat.

—I si estem de sort, sense la seva esposa —va afegir el Fred.

Sabíem on vivia el nostre director perquè l'havíem hagut de buscar en un dels nostres casos. No quedava gaire lluny de la dels Sulte-Stratmann.

—Potser tots els professors viuen en aquest barri —va conjecturar el Charly.

—Un motiu pel qual no traslladar-s'hi —va grunyir el Ravenet.

En contra del que havia passat a casa dels Sulte-Stratmann, el senyor Kurzweiler ens va obrir al primer toc de timbre i ens va contemplar amb els ulls mig closos.

—Oh! Alumnes! Quina sorpresa! —va cantussejar.

—I tant! —vaig exclamar i vaig sentir que un estrany cansament m'envaïa el cervell—. Som la sorpresa del Gran... Oh, de la classe del senyor Schlüter.

—Com? Oh, sí. El senyor Schlüter. Té una classe. Entreu.

—Hem de...

Vaig donar una puntada de peu a la tíbia del meu germà.

—Amb molt de gust, senyor Kurzweiler. Moltes gràcies.

A pas de cargol vam seguir el senyor Kurzweiler, que arrossegava les sabatilles a través de la casa, fins que finalment vam anar a parar a la sala

d'estar. En entrar-hi, una mica més i deixo caure la bosseta amb el te energètic de l'ensurt. Tots els nostres professors estaven asseguts allà. El senyor i la senyora Sulte-Stratmann, la senyoreta Rotkehl, la nostra professora de Música amb la seva veu estrident, el senyor Brinkmann, el nostre professor de Matemàtiques, uns altres que només coneixíem de vista i també el nostre tutor, el Gran Siggi, amb la seva esposa. Al seu costat tenia la tuba. Segurament havia interpretat una peça per al seu cap amb el seu instrument preferit.

—Eh, tios, eh! —vaig sentir que deia el Fred darrere meu.

—Em pregunto —el nostre tutor ens va mirar radiant— per a qui deu ser aquesta gran sorpresa. Quin regal heu triat per al nostre respectat cap?

Em va caldre asserenar-me un moment abans de començar. Després vaig aixecar la bosseta:

—Te energètic.

—És saludable! —va exclamar el Ravenet.

—Reviscola! —va afegir el Charly.

—Eh, tio, eh! Sobretot si s'està endormiscat!

11
Una professora de mirada empipada i una sabata de policia per pixar-se de riure

Durant un moment la sala d'estar del director més avorrit del món va quedar en un silenci absolut. Després, tot d'una, vam sentir un eructe que venia de la direcció de la senyoreta Rotkehl i immediatament un altre d'on era el nostre professor de Matemàtiques, fins que finalment la senyora Kurzweiler va esclafir una riallada a la qual es van sumar tots els altres.

—Què és això que trobeu tan divertit? —el senyor Kurzweiler va mirar sorprès al seu voltant.

La seva esposa es va aixecar i li va fer un petó al front.

—T'ho explicaré aquest vespre amb tranquil·litat, estimat.

—Sí. Tranquil·litat. Això està bé.

—Us ve de gust un tros de pastís? —ens va preguntar ella aleshores.

—El senyor Sulte-Stratmann —em va dir el Charly a cau d'orella tot tustant-me el braç.

—Sí, ja ho sé —vaig murmurar—. No, gràcies —vaig dir llavors a la senyora Kurzweiler—. Hem de... Oh, hem de fer els deures. Però podem parlar amb el senyor Sulte-Stratmann?

El rostre de la nostra professora de gimnàstica es va quedar seriós de cop.

—És sobre el curs per a gossos —va afegir el Charly encara.

—Sí, sí, ja vinc —va dir el senyor Sulte-Stratmann i es va aixecar, seguit per la mirada escèptica de la seva esposa—. Més val que sortim, oi?

—Sí, més val! —va exclamar el meu germà en veu més alta del que calia.

—Quin problema hi ha amb el curs per a gossos? —va preguntar el senyor Sulte-Stratmann quan era a la porta.

—Ha estat una... —el Charly es va escurar el coll.

—Una mentida pietosa! —li vaig prendre la paraula.

—Ahà! I sobre què voleu parlar?

—Sobre el seu oncle i el Johnny Ulls Blaus i els individus del mercat —va dir el Charly.

El senyor Sulte-Stratmann va mirar a banda i banda, com si temés que la seva esposa estigués darrere seu.

—Naturalment que volia parlar amb vosaltres sobre això —va dir en veu baixa—. Us volia demanar, més ben dit, us volia advertir enèrgicament.

—Advertir? —em vaig espantar—. Per què?

—És sobre aquest cas. Us n'heu de mantenir al marge. També parlo per mi i ja sabeu que amb molt de gust faria de detectiu.

—És perillós? —va preguntar el Ravenet amb veu tremolosa.

—Sí, em temo que sí. Almenys és el que em va dir el meu oncle.

—Quan parlava amb ell al camp de pràctiques de la unitat canina?

—Com és que ho saps? —el senyor Sulte-Stratmann va mirar desconcertat el Charly.

—Li ha sortit així —vaig respondre ràpidament en lloc del Charly.

—Ah, bé. En tot cas em va dir que aquell Johnny Ulls Blaus és el seu millor amic.

—Eh, tio, eh! Ell?

—Sí. És policia i en realitat es diu Joan Kleinmeier. Es vol infiltrar en una banda de contrabandistes.

—Clandestinament? —va plantejar el Charly amb arrogància.

—Què fa aquesta banda? —va preguntar el Ravenet.

—Fan contraban amb falsa roba de disseny i la venen a preus molt econòmics.

—I tant! —va cridar el Charly—. Ho sospitava!

No vaig dir res, però secretament vaig haver de reconèixer que en aquest cas el Charly realment havia demostrat tenir un bon olfacte.

—El meu oncle em va dir que aquells individus no estaven per bromes. Per aquesta raó fa uns dies mirava de convèncer el seu amic per tal que abandonés l'assumpte.

—Per això es discutien —vaig dir més aviat per a mi mateixa.

—Per què el vol convèncer el seu oncle? —va preguntar el Fred.

—Perquè tem que la disfressa del seu amic pugui ser descoberta. Però no es va voler escoltar el meu oncle i vol arribar fins al final.

—El podem ajudar d'alguna manera? —va preguntar el Charly.

—Sí. Mantenint-vos-en al marge. És assumpte de la policia. Per a vosaltres podria ser massa perillós.

Davant la meva gran sorpresa, el Charly va assentir i el seu posat evidenciava que realment s'ho prenia seriosament.

—Ho prometeu?

Vam assentir tots quatre.

—Queda una cosa —va dir tot d'una el Ravenet—. És sobre la seva esposa.

—Cert! —va cridar el senyor Sulte-Stratmann—. També us en volia parlar. Si us plau, no li expliqueu res de la nostra conversa.

—Bé. Per cert, nosaltres també li volíem demanar el mateix.

El senyor Sulte-Stratmann va somriure al meu germà.

—Així doncs, estem d'acord. La meva esposa pot clavar unes mirades molt dures, sabeu?

—I tant! —vam cridar amb una sola veu.

En el camí de tornada no podia treure'm un pensament del cap. M'havia vingut abans que el senyor Sulte-Stratmann ens hagués demanat que ens en mantinguéssim al marge.

Gairebé havíem arribat a l'hort quan finalment vaig poder confessar-ho en veu alta:

—I si som responsables que descobreixin la disfressa de l'amic del senyor Brassert?

—Amb què surts tu, ara? —el Charly semblava sobtat.

—Trobo estrany que sempre tornem a veure aquell cotxe «fatxenda».

—Vols dir que ens observen? —va preguntar el Ravenet.

—No ho sé, però és possible. Com que la setmana passada el Charly es va barallar amb ells al mercat, potser van sospitar i ens van seguir i un parell de dies més tard ens van veure amb el Johnny Ulls Blaus al centre dels gossos.

—Vaja, i ara resulta que sóc culpable? —va cridar el Charly.

—No he dit això, però...

No vaig poder continuar perquè tot d'una el Preciós va saltar del braç del Fred i va córrer en direcció a l'hort.

—Eh, tio, eh! Què li torna a agafar?

—Anem a l'hort i ho sabrem —vaig dir.

—Segurament ha ensumat qualsevol cosa de menjar.

Si hem de ser francs, el Charly es va equivocar.

—No és això! —va exclamar el Ravenet en tenir l'hort a la vista—. És el Rufus!

Efectivament, el gos del Johnny i el nostre Preciós ens esperaven a l'entrada de l'hort.

—On és el seu amo? —vaig mirar a banda i banda.

Tanmateix, ni a l'hort ni en cap dels camins del voltant vam poder descobrir l'amic del senyor Brassert.

En arribar al costat dels gossos, el Rufus i el Preciós van caminar cap a nosaltres, es van col·locar al nostre costat i van començar a bordar.

—Volen que fem alguna cosa —va constatar el Ravenet.

—Què?

Com si haguessin entès la pregunta del Charly, primer el Rufus i després el Preciós van recórrer un tros de camí, van tornar fins on érem i van bordar de nou.

—Eh, tios, eh! Em sembla que volen que els seguim.

—Potser fins a l'amo del Rufus?

Només d'acabar-ho de dir, el Rufus va saltar al damunt del meu germà, va bordar ben fort, va tornar a recórrer un tros de camí, es va aturar i ens va mirar.

Ara estava segura que el Fred tenia raó. Certament volien que els seguíssim.

—Som-hi! Al darrere seu! —va cridar el Charly.

—I si resulta perillós? —va dubtar el Ravenet—. Recordeu què ens ha dit el senyor Sulte-Stratmann.

—Si fa pudor de socarrim, sempre som a temps de trucar a la policia.

Al cap d'un parell de passes, estàvem segurs

d'haver-la encertat. Els gossos corrien un tros endavant, s'aturaven i esperaven fins que ens aproximàvem a ells, i aleshores tornaven a córrer una mica més enllà.

Una de les vegades van córrer cap a un carrer lateral i vam perdre'ls de vista. Ens arribar al carrer, solament ens hi esperava el Rufus.

—On és el Preciós? —el Fred semblava agitat.

Com a resposta, el Rufus li va bordar i va tornar a córrer al llarg del carrer.

—De segur que el Preciós ha corregut més —vaig provar de tranquil·litzar el Fred, que tenia una mirada de pena semblant a la del seu millor amic.

—Eh, tia, eh! Tant de bo que tinguis raó.

De moment no semblava ser així, perquè no vam tornar a veure el Preciós. Per això volíem conèixer ben aviat on ens duia el Rufus.

—Nois —el Charly es va aturar—, al fons hi ha aquella fàbrica vella on vam veure plegats el Johnny i l'individu del mercat.

—I si hi tornen a ser? —el va mirar, el Ravenet.

—Apostaria que sí.

—Almenys el Johnny —vaig afegir—. Si no, el Rufus difícilment ens hauria dut fins aquí.

—No faig una passa més —el meu germà va encreuar els braços.

El Charly va treure's el seu mòbil nou.

—Això em sembla que pinta malament. Vaig a trucar al comissari Stecker.

Uns segons més tard ja tenia el telèfon a l'orella.

—Tan de pressa has marcat el número? —li vaig preguntar.

—No, l'havia memoritzat, com tots els números importants... Hola? Hi és el comissari Stecker?... On és?... Ostres! —el Charly va tapar el micròfon del mòbil amb la mà—. Avui és la seva tarda lliure —ens va dir i després va tornar al telèfon—: Ens pot ajudar? Ens sembla que un company seu ha estat segrestat... Que quants anys tinc? Què hi té a veure, això?... Hola! Hola!... Ha penjat! —el Charly va mirar primer el mòbil i després a nosaltres—. No m'ha cregut.

—No és cap novetat —vaig dir.

Enfadat, el Charly es va entaforar el mòbil a la butxaca dels pantalons.

—Així doncs, ho farem nosaltres mateixos.

—T'has tornat boig? —va cridar el Ravenet—. Recorda que el senyor Sulte-Stratmann...

—Sí, sí. Ja sé què ha dit. Però potser no és tan perillós. Potser han tancat per error l'amo del Rufus a la nau de la fàbrica vella i per això el Rufus ha volgut que el seguíssim per tal de treure'l.

Malgrat que segurament ni tan sols el Charly creia en aquesta eventualitat, ens vam tornar a posar en moviment.

Com si s'hagués esperat això, el Rufus va bordar una vegada i va tornar a córrer.

Finalment teníem a la vista la nau per on havíem vist desaparèixer el Johnny i el fatxenda musculós del mercat.

El Rufus havia corregut fins a la porta i s'havia ajagut a terra.

—El seu amo és a dins —va xiuxiuejar el Charly—. Aposto el que vulgueu.

—És probable que ni tan sols s'hagi tancat —vaig advertir—. El cadenat no penja a la porta.

—Així doncs —va brandar el cap el Charly—, podem obrir i arriscar-nos a fer-hi una ullada.

—Ets boig? —el Ravenet va esbufegar.

—Apropem-nos-hi d'amagat una mica més. Potser podrem sentir què passa.

Ben ajupits, gairebé de quatre grapes, ens

vam acostar més a la nau de la fàbrica enrunada. El Rufus no ens perdia de vista, però no deia ni piu. Segurament percebia que no ens havia de trair.

Finalment ens vam arraulir apinyats al seu costat a la paret a tocar de la porta.

—Ho veieu? —va xiuxiuejar el Charly—. Sento alguna cosa.

Ens vam arrossegar una mica més per poder sentir el que parlaven a l'interior.

—Deixeu-me anar! Això són ximpleries!

—Aquest és el Johnny —va murmurar el Charly.

Poc després es va sentir una altra veu:

—Oblida-te'n! Et quedaràs aquí fins que esbrinem si realment ets de la bòfia!

—No ho sóc! Quants cops ho he de repetir?

—Així doncs, què diantres feies amb el bòfia de la unitat canina? —va preguntar una tercera veu—. T'hem vist ben sovint amb ell a l'estrany centre d'ensinistrament de gossos.

—Per això vèiem sempre el seu cotxe per la rodalia —em va dir el Charly a cau d'orella.

Vaig brandar el cap.

—Ensinistrava el meu gos! —va cridar el Johnny.

—Explica-ho a la teva àvia! —es van sentir rialles—. Espavila a dir la veritat o estàs ben llest!

El Charly va tornar a obrir la boca, però abans que pogués parlar, vam sentir un lladruc, que naturalment no era del Rufus.

—Preciós! —va xiuxiuejar el Fred amb veu amb prou feines audible.

En un tancar i obrir d'ulls vam veure que el nostre gos corria com un boig cap a nosaltres. Ara bé, no venia sol, sinó que el seguia una dotzena de gossos.

—Què és això? —va donar un cop el Charly—. No són els gossos de la policia?

Ho eren, i els seguien a una curta distància el senyor Brassert i un parell de policies.

Sense prestar-nos atenció, el Preciós, els gossos de la policia i també el Rufus van llançar-se contra la porta i van bordar tot el que donaven les seves gargamelles. El senyor Brassert i els seus companys es van acostar a grans gambades. Devien haver corregut tot el camí des de la unitat canina de la policia perquè tenien les cares vermelles com a pebrots i esbufegaven molt fort.

El Charly va fer un salt.

—Han fet presoner el seu company! —va bramular sortint a l'encontre dels policies.

El policia gegantí va mirar el Charly amb gest interrogatiu, però va colpejar la porta de la nau de la fàbrica. En acabat, els gossos que esperaven van córrer tot bordant amb força i es van afanyar a travessar la porta, mentre els policies els seguien. Aleshores també nosaltres ens vam arriscar a fer un cop d'ull a la nau.

Tret d'una cadira, en la qual seia lligat de mans i peus el Johnny Ulls Blaus, la nau era buida. Deixant de banda, naturalment, els dos gàngsters, dempeus amb l'esquena contra la paret, que miraven amb ulls esbatanats els gossos, els quals, capitanejats pel Preciós i el seu amic Rufus, mostraven les genives plenes de dents esmolades i grunyien amenaçadors.

—Eh, tios, eh! El meu Preciós! —el Fred va deixar sentir un sonor sospir.

—Oh, tio! No l'hauria cregut mai capaç d'una cosa així! —el Charly es gratava el cap.

—Finalment t'has convençut —li va clavar una mirada el Fred— que el Preciós és el gos més intel-ligent i...

—Són realment els individus del mercat —va fer tot d'una el Ravenet, ara que per a nosaltres ja no era cap gran sorpresa.

El senyor Brassert es va agenollar al costat de la cadira i va alliberar el seu amic, mentre els seus companys contemplaven capcinejant els gossos i les seves «preses» i trucaven amb els mòbils per demanar reforços.

Van arribar poc després i es van endur els gàngsters. Els dos individus del mercat no van oposar resistència. Fins i tot semblaven contents de sortir d'allà.

Mentrestant el Fred va agafar el Preciós als braços, el va acaronar i no va deixar de lloar-lo i assegurar-li que n'estava molt orgullós.

Mentre el furgó de la policia, on anaven els gàngsters, arrencava amb els llums blaus encesos, el senyor Brassert i el seu amic es van apropar a nosaltres.

El Fred es va estremir i va deixar el Preciós a terra.

—Gràcies, nois —ens va somriure el Johnny Ulls Blaus—. Ho heu fet molt bé.

—Sobretot el Preciós! —va exclamar de seguida el Fred.

—I el seu Rufus —vaig afegir.

—Sí —el Johnny va mirar afectuosament el seu gos—. Tots dos són extraordinaris.

—Eh, tio, eh! Ja ho pot ben dir!

El senyor Brassert va mirar primer el Preciós i després a nosaltres amb posat ben seriós.

—De fet us hauria de clavar una bona fregada d'orelles, perquè heu estat molt imprudents. Però, si he de ser sincer, també us he d'estar agraït perquè heu salvat el Joan... o el Johnny. I pel que fa al vostre gos...

—Sí? —va preguntar el Fred amb un titubeig.

—Segurament podrem ensinistrar-lo força bé a la nostra unitat canina —aleshores es va inclinar cap al Preciós—. Dret!

El nostre gos li va dirigir una breu mirada, va trotar cap a ell i se li va pixar a la sabata.

—Ei, què és això? —va tronar el policia gegantí.

—Eh, tio, eh! Amb això li vol fer saber que s'estima més quedar-se amb Charly & Company.